Ellen de Visser

Die ene patiënt

Artsen over de patiënt die hun leven voor altijd veranderde

Ambo|Anthos
Amsterdam

MIX
Papier van verantwoorde herkomst
FSC® C014496

Eerste druk februari 2019
Tweede druk februari 2019

ISBN 978 90 263 4484 8

Omslagontwerp bij Barbara
Omslagillustratie © Tzenko

Verspreiding voor België:
Veen Bosch & Keuning uitgevers nv, Antwerpen

Voorwoord

De uitvaart van mijn zwager Huib was op een zonnige dag in februari, zo'n dag waarop hij zelf heel graag op de racefiets zou zijn gestapt, en ergens in de volle aula zat een verdrietige oncoloog. De arts uit het naburige ziekenhuis had de middag vrij genomen om afscheid te nemen van een patiënt die zijn vriend was geworden, vertelde hij me, een vriend van wie hij veel had geleerd. Die opmerking intrigeerde me. Dat patiënten leren van hun dokter leek me evident: ze krijgen te horen waar hun klachten vandaan komen en wat ertegen te doen valt. Maar andersom? Zouden er meer artsen zijn die met een patiënt in hun hoofd rondlopen, met verhalen die ze nooit meer vergeten?

Het was de aanleiding voor een serie die we in de zomer van 2017 op de wetenschapsredactie van *de Volkskrant* bedachten: laat artsen vertellen over een patiënt die zoveel indruk heeft gemaakt dat ze er iets van hebben geleerd. Zes afleveringen zouden we maken, het moest zo'n zomerserie worden die kranten ieder jaar bedenken om de stille maanden door te komen. Het zou nog lastig genoeg zijn om dokters te vinden die een persoonlijk verhaal wilden vertellen.

Het tegendeel bleek waar. Artsen wilden graag meewerken. En allemaal wisten ze vrij snel over welke patiënt ze het zouden hebben. Zo groeide een tijdelijk experiment uit tot een wekelijkse rubriek waarvoor zich na verloop van tijd zelfs artsen begonnen aan te melden. Een rubriek waarvan we al snel het blikveld verruimden, want er waren ook verpleegkundigen die mee wilden doen, en psychologen, een verloskundige, een medisch maatschappelijk werker.

Wat voor verhaal ik te horen zou krijgen wist ik meestal niet als ik een afspraak maakte. Ik herinner me een grijze maandagmorgen in april waarop een forensisch arts me een stilleven schetste van een korenveld waarboven ze de zon zag opkomen, vlak nadat ze onderaan het talud bij een jonge motorrijder de dood had vastgesteld, en dat ik daarna een beetje verdwaasd weer buiten stond, terwijl het Amsterdamse verkeer om mij heen verder raasde.

Artsen en verpleegkundigen hanteren een vorm van professionele empathie: ze zijn betrokken bij hun patiënten maar houden gevoelsmatig afstand, als een scherm dat hen behoedt voor de zware emotionele belasting van hun vak. Maar er zijn patiënten die daar doorheen dringen, patiënten die hen beroeren, om uiteenlopende redenen, en die bepalend zijn geweest voor hun denken en handelen. En daar wilden al die zorgverleners graag over vertellen, waarbij ze een kwetsbaarheid toonden die me iedere week weer verwonderde.

Emoties gelden in de medische wereld al lang niet meer als een teken van zwakte. De kwaliteit van de zorg wordt beïnvloed door wat dokters voelen, schrijft de Amerikaanse internist Danielle Ofri in haar boek *What Doctors Feel*. Artsen en verpleegkundigen leren niet alleen doordat ze zich het medisch-technisch handelen eigen maken maar ook door de ervaringen die ze opdoen. 'Wij hebben zo'n intensief contact met mensen in een bijzondere, vaak emotionele periode van hun leven,' zegt een van hen in dit boek, 'dat het niet anders kan of we worden aan het denken gezet.'

Voor de lezers van *de Volkskrant* was het alsof die onbenaderbare mannen en vrouwen in hun witte jas elke week wat toegankelijker werden. Ze lieten weten dat ze ontroerd waren door hun openheid, dat ze begonnen uit te kijken naar de rubriek en de lessen die erin weerklonken zo wezenlijk vonden. Er was een dichter die poëzie schreef voor een psychiater, een oude dame die een steunbetuiging mailde voor de internist die een medische fout had gemaakt, een man die bekende dat hij op zaterdagmorgen bij het ontbijt had zitten huilen om het verhaal van een oncoloog.

Er was één lezer met wie ik wekelijks contact had: de Zweeds-Bulgaarse illustrator Tzenko Stoyanov gaf, ver weg in Stockholm, de serie een onmiskenbaar eigen gezicht door van ieder verhaal de essentie samen te vatten, in prachtige tekeningen waarvan er een op de cover van dit boek staat. Tzenko, die jarenlang in Nederland woonde en studeerde, liet regelmatig horen wat hij van de verhalen vond. 'Het doet soms pijn in het hart om ze te lezen,' schreef hij eens. 'Mensen zijn geweldig!'

Een paar dagen nadat klinisch ethicus Erwin Kompanje had verteld over de jonge vrouw die ruim twintig jaar geleden in zijn ziekenhuis overleed, kreeg ik een bericht van haar toenmalige vriend. Hij stuurde een foto van zijn Irma, zodat ik een beeld had van de patiënt over wie ik had geschreven. Zo'n inkijkje werd me daarna nog een paar keer gegund. De patiënt van maag-darm-leverarts Joost Drenth las in zijn laatste dagen in het hospice mee met het verhaal dat over hem ging. En bedankte de arts voor zijn moed: 'Ik vind het dapper van je, Joost. Je laat je patiënten niet met lege handen staan.'

Dit boek vertelt het verhaal van al die patiënten die hun zorgverleners de kans gaven om te leren, over hun vak, over zichzelf en over het leven.

Ellen de Visser
Amsterdam, februari 2019

De wielrenner

Oncoloog Pieter van den Berg (43)

'De chirurg vertelde dat ik een wielrenner op mijn spreekuur zou krijgen en ik weet nog dat ik daar blij mee was. Dan kan ik het vast goed met hem vinden, dacht ik, want fietsen is ook mijn passie. Het is wel een bijzondere patiënt, zei de chirurg er nog bij. Dat klopte. Huib was niet onder de indruk van het fenomeen dokter. Hij was direct. Zijn humor en zijn ironie spraken me aan. De gesprekken gingen een minuut over kanker en twintig minuten over fietsen.

Tien maanden daarvoor was hij geopereerd aan darmkanker, nu waren er uitzaaiingen gevonden. Chemokuren, dat was het enige wat we hem nog konden bieden, behandelingen die zijn leven iets konden verlengen. Gemiddeld genomen had hij nog een jaar. Maar Huib tartte de statistieken. Hij maakte wekelijks lange tochten, beklom in Spanje de hoogste bergen, hij fietste dwars door de chemo's heen. Nu doet tenminste alles pijn, zei hij dan.

Hij kreeg een jaar, hij maakte er ruim twee van. Ik kan niet bewijzen dat het door het fietsen kwam, maar ik denk het wel. Hij voelde zich er beter door, had minder last van bijwerkingen. En de fiets bracht afleiding, hij kon de kanker even van zich afzetten.

Het is niet wetenschappelijk aangetoond dat kankerpatiënten langer leven door te bewegen. We moeten het meer zoeken in welbevinden, fysiek en psychisch. Beweging versterkt de weerbaarheid en dat helpt tegen alle ellende die patiënten moeten ondergaan. Dat leg ik nu dagelijks uit aan mijn patiënten en dan neem ik Huib als voorbeeld.

Dankzij hem zijn we in ons ziekenhuis nu aan het nadenken over een beweegprogramma. Waarom zouden patiënten uit de regio niet naar ons ziekenhuis kunnen fietsen voor een afspraak of een behandeling? We willen fietsbuddy's aanstellen, vrijwilligers die met patiënten meefietsen, ze ophalen en wegbrengen. Ik denk dat het zelfs na een chemokuur mogelijk moet zijn om op de fiets naar huis te gaan. Laten we de kracht van patiënten niet onderschatten.

Tussen Huib en mij is in twee jaar tijd een vriendschap ontstaan. Ik heb me afgevraagd of dat kon, of dat mocht, of er geen sprake was van afhankelijkheid. Maar Huib was volstrekt autonoom. Onze vriendschap verdiepte zich toen ik hem vertelde over mijn plannen voor een chemotuin bij ons ziekenhuis, een paviljoen waar patiënten ontspannen, buiten in de natuur, hun kuur konden krijgen. Er ontbrak nog veel geld. Hij stelde voor om een sponsorfietstocht te organiseren. Dat werd een groot succes, samen hebben we vijftigduizend euro opgehaald. Het pad van het ziekenhuis naar de tuin is naar hem vernoemd.

Ik waak ervoor om het dagelijkse leed mee naar huis te nemen. Ik ben oprecht begaan met mijn patiënten, maar als ik de deur van het ziekenhuis achter me dichttrek moeten de zorgen weg zijn. Anders red ik het niet. Bij Huib lukte dat niet. Nooit eerder kwam een patiënt zo dichtbij.

Toen het niet meer ging heeft hij me gevraagd of ik de euthanasie wilde doen. Ik ben bij hem langsgegaan om erover te praten. Hij zag dat ik het er moeilijk mee had. Je gaat toch niet afhaken, hè, vroeg hij bezorgd. En toen meteen die wrange humor weer: weet je voor wie het moeilijk is? Voor mij! Ik vond dat ik hem niet in de steek mocht laten, maar de donderdagmiddag dat ik zijn leven beëindigde was zwaar en verdrietig.

Hij wilde me ooit een wielershirt geven. Ik weigerde, vond dat ik geen cadeautjes van patiënten kon aannemen. Na zijn dood bracht zijn vrouw mij een pakje. Het was een wielertenue. Er zat een briefje bij van Huib: *Heb ik toch het laatste woord.*'

Veerkracht

Kinderarts Elise van de Putte (60)

'Het was zo'n mooi meisje, een poppetje van twee jaar. Medewerkers van het kinderdagverblijf hadden ontdekt dat ze overal blauwe plekken had en een grote blaar op haar voet. Ze hadden Veilig Thuis gebeld en die organisatie vroeg ons om mee te kijken. Zou er sprake kunnen zijn van kindermishandeling? Zo zaten ze op een ochtend bij mij in de spreekkamer, het kind, de moeder en de stiefvader.

We hebben het meisje meteen opgenomen. Ze had ook blauwe plekken op haar buik en dan kan er sprake zijn van inwendig letsel. Bovendien wilden we de tijd nemen om dit goed uit te zoeken. Ik moest met zo veel mogelijk zekerheid vaststellen of het letsel klopte bij het verhaal dat erbij werd verteld. We hebben foto's gemaakt van al haar botten. Ze had een breuk in haar onderarm en scheurtjes in een aantal wervels. Eerder was ze al eens behandeld voor een beenbreuk. Ze was toen van de trap gevallen. Ja, dat is vaak het verhaal. Nu vallen kinderen regelmatig, dus dat kan best. Maar die wervelbreuken wekten argwaan. Die ontstaan soms spontaan, als een kind broze botten heeft, maar daarvan was bij dit meisje geen sprake.

Al snel hadden we het idee dat haar verwondingen opzettelijk waren toegebracht. Alleen, dat moesten we heel goed uitzoeken. We zijn er eindeloos mee bezig geweest. Ik was zo bang om een verkeerde inschatting te maken. Ik voelde me ongemakkelijk bij de stiefvader, ik vond hem intimiderend. Dat ging om subtiele dingen, de manier waarop hij dingen zei, me aankeek. En passant liet hij weten dat hij lid was van een schietclub. Iedereen op de afdeling zag het kind verstijven als de stiefvader binnenkwam. Het gevaar bestaat dat je dan zelf dingen gaat invullen. Terwijl je bij dit soort onderzoeken nooit je intuïtie mag laten meespelen.

In deze zaak heb ik geleerd hoe ongelooflijk secuur ik mijn vak moet uitoefenen. Heel goed observeren, in gesprekken met de moeder alle feiten benoemen. We hebben nationale en internationale experts om raad gevraagd: kan deze blaar komen door nieuwe schoenen, kan deze blauwe plek zijn gekomen door een val? Daardoor heb ik toch het gevoel gekregen dat ik voor dit meisje alles heb gedaan wat ik kon. Want het is nooit duidelijk geworden hoe en door wie ze is mishandeld. Dat is een van de meest frustrerende dingen die artsen en verpleegkundigen hier meemaken. Maar het is niet onze taak om vast te stellen wie de dader is. Wij onderbouwen met feiten of een letsel toegebracht lijkt te zijn of eerder past bij een ongeluk. Veilig Thuis heeft het meisje drie maanden lang bij opa en oma ondergebracht. Haar moeder en stiefvader mochten haar onder toezicht zien. Dat ging goed, ze is teruggegaan naar huis.

Bij dit meisje heb ik gemerkt hoe krankzinnig veerkrachtig en loyaal kinderen zijn. Daders geven meestal ook liefde en dat maakt het zo complex. Ze moet veel pijn hebben gehad, maar we zagen er niks van terug. Ze wist het onwaarschijnlijk goed te verbloemen. Ze was zo dapper, toen ze wegging waren we aan haar gehecht geraakt. Wanneer ik lesgeef aan huisartsen en aan studenten vertel ik vaak over haar. Dat helpt om mijn emoties te verwerken.

Ik weet niet hoe het nu met haar gaat. Ik mag daar niet naar vragen en dat snap ik, maar ik vind het zo moeilijk. Ik vrees het moment waarop in het nieuws komt dat een kind is overleden door huiselijk geweld, en ik besef om wie het gaat. Er zijn kinderen van wie ik wakker lig. Dit meisje is er een van.'

Shakespeare

Klinisch ethicus Erwin Kompanje (58)

'Het was vroeg in de avond toen ik op de intensive care aan het bed van Irma kwam te staan. Een vrouw van begin dertig die tijdens een rondje joggen opeens buiten bewustzijn was geraakt. De scan had uitgewezen dat ze was getroffen door een hersenvliesbloeding. De neuroloog wilde de nacht afwachten. Ze lag aan de beademing, haar bloeddruk werd op peil gehouden. De volgende ochtend zou een besluit worden genomen. Het zag er niet goed uit, ze lag in een diepe coma. De kans op hersendood was groot.

In haar kamer trof ik haar vriend. Ik deed promotieonderzoek naar hersendood en daarvoor sprak ik veel met familie van patiënten. Het lukte me meestal om een professionele distantie te bewaken, maar deze man brak in korte tijd door dat kordon heen. We hadden een lang en diepgaand gesprek, het klikte. Hij was docent Engels, en ik ben een groot liefhebber van Engelse literatuur. Daar hadden we het over samen, terwijl langzaam de nacht viel.

Ik bereidde hem voor op het ergste, vertelde dat zijn vriendin de volgende morgen waarschijnlijk zou overlijden.

Ik citeerde Shakespeare, de beroemde zin uit *Romeo and Juliet: Parting is such sweet sorrow*. Omdat het verdriet over het afscheid zou versmelten met alle mooie herinneringen aan haar leven en aan hun liefde. Hij barstte in tranen uit.

En toen drong het naderende en onherroepelijke einde tot hem door: dit zou de laatste nacht zijn die hij met haar had. Hij vroeg of hij misschien in haar kamer op de vloer mocht gaan liggen. Ik wist onmiddellijk wat me te doen stond. We hebben een bed naast het hare geplaatst, het licht gedimd, het alarm van de apparatuur lager gezet. Ze lagen dicht tegen elkaar aan, hij met zijn armen om haar heen, en zo brachten ze in serene rust hun laatste nacht samen door. De volgende ochtend heb ik hem om zeven uur gewekt. Een paar uur later kwam de neuroloog Irma opnieuw onderzoeken. Ze was inderdaad hersendood, de beademing werd stopgezet.

Toen ik die ochtend naar huis reed, realiseerde ik me opeens zo duidelijk hoe vanzelfsprekend wij ons leven vinden. Irma was gaan hardlopen met het idee naar huis terug te keren, haar vriend had haar die morgen gedag gezegd in de veronderstelling haar snel weer te spreken. Maar een onbeschaduwd bestaan kan in een seconde inktzwart worden.

Hij stuurde me een rouwkaart. Ik ben naar de begrafenis gegaan. Ik was ontroerd toen hij in zijn toespraak de woorden van Shakespeare aanhaalde. Er komt een moment dat onze laatste nacht aanbreekt, of de laatste nacht met onze geliefde. Wij weten niet wanneer die komt, hij wist het wel. Hij was dankbaar dat ik eerlijk was geweest. Toen hij wist dat Irma het waarschijnlijk niet zou halen, kon hij nadenken over zijn laatste uren met haar. Wij hadden iets toegevoegd aan zijn zoete smart: de herinnering aan hun laatste nacht.

Het is nu ruim twintig jaar geleden, maar die nacht heeft me geleerd hoe wezenlijk het is om het simpele te waarderen. Koffiedrinken met mijn vrouw, samen slapen, afspreken met vrienden, geluk bestaat uit de verbintenis met de mensen om je heen. Het leven is een illusie van onsterfelijkheid. Het afscheid komt ooit, zorg voor zo veel mogelijk mooie herinneringen.

Met de vriend van Irma heb ik lang contact gehouden. Hij was zelfs aanwezig bij mijn promotie en bij mijn huwelijk, vijf jaar na haar dood. Op haar grafsteen staan de woorden die hem zo hadden geraakt, die ene zin uit *Romeo and Juliet* die ik op de laatste avond aan haar bed citeerde.'

Finish

Huisarts Marco Blanker (46)

'Zwemmen, dat is wat ik kan,' zei hij, en dat wilde hij in extreme mate gaan doen. Ik vond het geweldig om te zien dat iemand zoveel voor een ander over kan hebben. Maarten wilde een tocht maken langs elf Friese steden, tweehonderd kilometer, drie dagen en twee nachten achtereen, om geld op te halen voor onderzoek naar de ziekte die hij zelf had overleefd. Ik was toevallig met hem in contact gekomen via Twitter en in de maanden erna kwam ik in zijn begeleidingsteam terecht. Samen met sportartsen zocht ik uit of het medisch verantwoord was wat hij wilde gaan doen en hoe we hem bij de voorbereiding zo goed mogelijk konden helpen. Zijn lichaam kon veel hebben, dat had hij in trainingen laten zien, maar zó ver had hij nog nooit gezwommen. Tot waar kon hij gaan? Dat was ook voor hem onduidelijk.

Zo'n vijfendertig uur heb ik in de volgboot gezeten. Ik sprak met hem toen hij tijdens de eerste nacht in een crisis raakte en uiteindelijk besloot om toch door te zwemmen. Maar op maandagmorgen, na de laatste sluis, kwam hij nauwelijks nog vooruit. Toen hij me vlak bij Burdaard weer in de boot zag zitten, sprak hij me aan. Hij was kwetsbaar, hij vertrouwde mij zijn gezondheid toe.

Hij viel in slaap en dreigde te gaan overgeven, die combinatie is in het water tamelijk funest. Eten stond hem tegen, de pil tegen de misselijkheid die ik hem gaf, kwam er al snel weer uit. Vooraf hadden we afgesproken dat hij naar mij zou luisteren. En dat deed hij. Dit is je finish, zei ik hem. En hij antwoordde met zachte stem: dat is goed.

Dat heel Nederland meekeek, daarvan was ik me op dat moment niet bewust. Druk heb ik niet gevoeld, zijn belang stond voorop. Er was geen twijfel, deze beslissing had elke arts genomen. Ik vergiste me alleen in de diagnose. Ik dacht dat sprake was van een verstoorde zouthuishouding, maar met de zouten in zijn lijf, zo bleek later in het ziekenhuis, was het prima in orde. Ik maakte er nog een geintje over: je had best een stukje verder kunnen zwemmen, Maarten. Uitputting, dat was wat er speelde: er ging zoveel bloed naar zijn spieren dat er niets meer overbleef voor zijn darmen, zijn lijf accepteerde geen eten en drinken meer.

Pas na de tocht, toen ik terugdacht aan dat moment op de boot, zag ik opeens parallellen met de zorg voor mijn andere patiënten, buiten de hectiek van de camera's. Huisartsen kunnen heel goed omgaan met onzekerheden, wij zien vooral patiënten die niet ziek zijn maar wel klachten hebben en we hebben een sterk ontwikkeld gevoel voor wat pluis is en wat niet. Bij Maarten kon ik niet anders doen dan kijken wat er gebeurde en luisteren naar wat hij zei. Dat was voldoende. Hij maakte me er zo goed van bewust hoe weinig een huisarts nodig heeft om een diagnose te stellen: mijn ogen, oren, handen en neus, daar heb ik meestal genoeg aan. En soms de stethoscoop als hulpmiddel.

Maarten was een bijzondere patiënt, met een prettige dosis zelfspot. In het ziekenhuis werd mij door de televisie om commentaar gevraagd. Als jij zo nodig wilt slapen, zei ik hem, dan ga ik daar wel even uitleg geven. Hij lachte en zei tegen zijn vrouw: Marco laat me in de steek, die is zo mediageil. Pas toen de drukte voorbij was kwam de ontroering. Anderhalf jaar hebben we samen in een verhaal gezeten en nu ben ik opeens zijn dokter niet meer. Ik vergelijk het maar met een patiënt die is verhuisd.'

De beste optie

Neurochirurg Pieter van Eijsden (41)

'Ze was zes jaar oud en op een dag was ze zomaar van haar fiets gevallen. Toen ik haar ouders voor het eerst trof, in de gang van ons ziekenhuis, hadden ze van mijn collega net de diagnose te horen gekregen. Op de MRI-scan was een kwaadaardige tumor aangetroffen in de hersenstam. De prognose was uiterst somber, hersenstamkanker is niet te genezen. Het meisje zou niet lang meer leven.

Haar vader was meteen vastbesloten. Als zeker is dat ze hieraan snel gaat overlijden, dan laten mijn vrouw en ik haar niet in het ziekenhuis, zei hij. Dan nemen we haar mee naar huis, om de rust te bewaren en te genieten van de korte tijd die we nog hebben. Dat gesprek met hem is me altijd bijgebleven, ik denk er nog vaak aan terug. Haar leventje draait om school, zei hij, tekeningen maken en knutselen met strijkkralen. Als ze nu mee naar huis gaat, dan kan ze dat nog een tijdje blijven doen. Maar ze zal nooit een opleiding doen, een baan krijgen, een partner kiezen, ze zal nooit haar dromen najagen. Waarom zou je dit kleine meisje dan een paar maanden langer in leven houden met behandelingen die haar pijn gaan doen?

Haar ouders waren de beste vrienden van mijn zwager. Hij had me meteen na de diagnose gebeld en gevraagd of ik ze wilde begeleiden. Ze hadden van de artsen vier opties gekregen. Er kon bijvoorbeeld een stuk van de tumor worden weggehaald, maar het gezwel groeit altijd weer aan. Bestralen was ook mogelijk, maar ook dat zou slechts leiden tot uitstel van de dood. Eén optie bleef onbesproken: niet behandelen. De ouders maakten na hun eerste reactie een lange en ingewikkelde afweging, spraken met veel deskundigen en bleven uiteindelijk bij hun standpunt. Niets doen, vonden ze, was voor hen een serieuze, en voor hun dochtertje de beste optie. Sommige artsen vonden dat raar, herinner ik me.

Het meisje heeft nog zeven maanden geleefd. Het gezin kon zich concentreren op het afscheid, niet afgeleid en belast door zware behandelingen en ziekenhuisbezoek. Ik heb veel van deze ouders geleerd. Ik vond al langer dat artsen in sommige gevallen met patiënten moeten bespreken dat niets doen ook een mogelijkheid is. Maar als ik daar langer over nadacht, kwam ik er toch niet goed uit. Je hoeft het leven niet te rekken, vond ik, maar ik kon die gedachte bij collega's niet kwijt. Ik dacht ook steeds: wie ben ik om dat te beweren? En toen was daar die jonge vader die zo stellig was over het allerliefste wat hij bezat en op die manier mijn ideeën expliciet maakte.

Sindsdien ben ik minder gericht op behandelen. Bij sommige patiënten is het glashelder dat we moeten opereren, bij anderen is duidelijk dat een behandeling geen meerwaarde heeft. Maar daartussen zit een groot gebied. Nu bespreek ik met patiënten wat zij nog willen met hun leven. Daarvoor moet ik ze eerst een beetje leren kennen.

Het is alweer een paar jaar geleden dat het meisje thuis is gestorven. Onlangs sprak ik haar vader weer. Artsen, zei hij me tijdens dat gesprek, praten vooral over behandelen, terwijl de belasting daarvan onderbelicht blijft. Zijn ervaringen hebben mij als arts veranderd. Een behandeling kan te zwaar zijn, besef ik nu, niet alleen voor de patiënt maar ook voor de familie. Niet behandelen is voor artsen erg moeilijk, maar soms kan dat toch het allerbeste zijn.'

Een dinsdagnacht

Kinderarts Hans van Goudoever (54)

'Het was een dinsdagnacht en de gynaecoloog vroeg me of ik naar de verloskamer wilde komen om met een jong stel te praten. De vrouw was vijfentwintig weken zwanger en aan het bevallen. Kinderen die zo vroeg ter wereld komen hebben niet de beste kansen. De ondergrens voor een behandeling ligt rond de vierentwintig weken, bij een zwangerschap van zesentwintig weken gaan we behandelen, maar de twee weken daartussen vormen een grijs gebied. En zo stond ik midden in de nacht aan het bed van een vrouw met weeën, haar man gespannen naast haar, om uit te leggen hoe groot de kans was dat hun baby het zou redden en wat de gevolgen konden zijn, het risico op een handicap of een achterstand.

De ouders vertelden dat ze carrièreplannen hadden, ze zouden naar het buitenland gaan voor hun werk en wisten niet hoe ze de zorg voor een te vroeg geboren en mogelijk gehandicapt kind daarmee konden combineren. Ze waren ook bezorgd dat hun kind zou lijden. Daarom vonden ze dat ik het na de geboorte beter niet kon behandelen. Ik voer dit soort gesprekken vaker, de meeste ouders willen dat we proberen hun kind in leven te houden. Een besluit nemen dat ingaat tegen het leven van je kind, iets moeilijkers is er niet. De reactie van deze ouders schokte me. Maar ik moest hun wens respecteren, die afspraak hadden we met alle kinderartsen en neonatologen gemaakt. Het kindje werd in de vroege ochtend geboren, het was een meisje. Ze overleed na een paar uur. We konden alleen maar zorgen dat ze zich zo comfortabel mogelijk voelde.

Ik dacht: deze mensen zie ik nooit meer. Maar een jaar later kreeg ik een telefoontje van dezelfde gynaecoloog: er waren ouders die speciaal met mij wilden praten. Ik herkende ze meteen, het was hetzelfde stel. Ze vertelden dat ze niet naar het buitenland waren gegaan, dat ze ernstig waren gaan twijfelen over hun beslissing. Zij was weer zwanger geraakt. Ze was aan het bevallen, na vierentwintig weken zwangerschap, een week eerder dan de vorige keer. Het was een jongetje.

Ik heb hetzelfde verhaal verteld over de kansen en de risico's, maar nu besloten ze anders. Ze wilden dat we alles zouden doen om hun kind in leven te houden. Dat is niet gelukt, het jongetje heeft het niet gehaald.

Deze zaak heeft in mijn carrière de meeste indruk gemaakt. Wij laten patiënten, ouders in dit geval, zo veel mogelijk meebeslissen en dat is belangrijk. Vaak wordt gedacht: als mensen zelf mogen besluiten over een medische behandeling, kiezen ze altijd wat het beste voor ze is. Dat is een illusie, besef ik nu. Dit waren hoogopgeleide ouders die in korte tijd moesten besluiten, ze konden geen familie meer raadplegen en ze kozen, achteraf gezien, misschien verkeerd. Toen ik ze later terugzag, was hun ongeluk zó groot, dat was wrang. Ik mag ouders niet ompraten, ik moet objectief blijven, maar deze ervaring heeft me gestimuleerd om mijn verhaal nóg duidelijker te brengen.

Natuurlijk, we weten niet hoe het dat meisje zou zijn vergaan. De helft van de veel te vroeg geboren kinderen overlijdt op de intensive care. Meisjes doen het vaak beter, dat is zo verdrietig aan deze zaak. Zelf zou ik die dinsdagnacht, als ik in de positie van de ouders was geweest, mogelijk een ander besluit hebben genomen. Is het niet altijd de moeite waard om te kijken of een kind een kans heeft op een goed leven? Dit meisje had het misschien niet gered, maar ze heeft de kans ook niet gehad.'

Een andere wereld

Huisarts Ben Crul (65)

'Ze was een leuke, intelligente vrouw van begin veertig, en mijn ontmoeting met haar heeft mijn leven sterk beïnvloed. Ik was zaalarts in het Antoni van Leeuwenhoekziekenhuis, ik had mijn studie geneeskunde net afgerond en ik zou specialist worden. Zij had eierstokkanker, een vorm van kanker met vaak een slechte prognose. Ze was niet te genezen. Elke ochtend kwam ik met de verpleging bij haar langs en eigenlijk had ik nooit goed nieuws voor haar. Ik trok langs de bedden van de patiënten, met uitslagen van bloedonderzoek of scans en elke keer weer ging ik met lood in de schoenen haar kamer binnen.

Ben, zei ze op een dag, ze noemde me bij mijn voornaam, zelfs dat weet ik nog. Ben, heb je niet eens een ander verhaal voor me? Ik weet dat ik doodga, maar heb je niet eens wat anders, wat leuks te vertellen? Zij liet me inzien dat de patiënt in dat bed ook een mens is en dat ik meer moest doen dan alleen technische informatie overbrengen. Na haar vraag ben ik ook over andere dingen gaan praten. Ik liet meer van mezelf zien. Ik vertelde bijvoorbeeld over mijn vakantie, dat vond ze fijn. Een patiënt is meer dan zijn ziekte, een arts moet zich daarvan bewust zijn.

Door haar ben ik me gaan realiseren dat ik in het ziekenhuis niet op mijn plek was. Om me heen zag ik de specialisten alweer bezig met de volgende scan, de volgende chemokuur, het was allemaal zo technisch. Aan het bed van een patiënt die helemaal verminkt was door een operatie hoorde ik ze soms zeggen dat het er prachtig uitzag. Dan zag ik de patiënt kijken en denken: gaat dit over mij? Dat was mijn wereld niet en deze vrouw heeft me dat doen inzien. Door de gesprekken met haar realiseerde ik me dat het vak van medisch specialist niks voor mij was, dat ik veel liever huisarts wilde worden.

Toen ik de huisartsenopleiding ging doen merkte ik onmiddellijk het verschil. Het gaat niet alleen om de laatste laboratoriumuitslagen, kregen we te horen. Je moet luisteren, kijken, interesse tonen. Mijn moeder is jong overleden, ik studeerde toen nog. Ik herinner me dat haar huisarts om de dag langskwam. Hij kon niet veel voor haar doen, maar hij trok zijn jas uit, ging naast haar bed zitten en was er gewoon. Dat is me altijd bijgebleven, dat gaf zoveel steun. Toen al merkte ik hoe belangrijk het was om even de tijd te nemen voor een patiënt.

De vrouw met eierstokkanker overleed een jaar na mijn vertrek uit het Antoni van Leeuwenhoekziekenhuis. Ik wist dat niet, totdat op een dag een goede vriendin van haar langskwam in de huisartsenpraktijk waar ik in opleiding was. Ze had een fles wijn bij zich en een brief. Die had de vrouw vlak voor haar dood speciaal voor mij geschreven. Het is al vijfendertig jaar geleden, maar ik raak nog geëmotioneerd als ik terugdenk aan dat moment. Ze had ons contact zo waardevol gevonden en dat wilde ze me na haar overlijden laten weten. Zo zie je wat arts en patiënt voor elkaar kunnen betekenen. Ik voor haar, maar zij zeker ook voor mij.'

Een aangrijpend gesprek

Transplantatiecoördinator Hanneke Hagenaars (56)

'Hij was op zijn werk onwel geworden en in elkaar gezakt. Al in de ambulance moest hij worden beademd en na binnenkomst in het ziekenhuis was zijn situatie snel verslechterd. Een jonge vader, met opgroeiende pubers, geveld door een omvangrijke hersenbloeding. Na een paar uur constateerden de artsen dat al zijn hersenfuncties waren uitgevallen. Ze spraken met zijn familie, vertelden dat herstel zou uitblijven, dat verder behandelen zinloos was.

De artsen raadpleegden het landelijke donorregister. De man had daarin zijn wens niet kenbaar gemaakt. Daarom vroegen ze zijn vrouw, voorzichtig, of zij het met hem weleens over orgaandonatie had gehad. Hij was nog jong en sterk, ze hadden het gevoel dat veel van zijn organen geschikt zouden zijn. Zij gaf toestemming voor donatie, al zijn organen mochten worden gebruikt. Dat was het moment waarop bij mij de telefoon ging.

Ik ben naar het ziekenhuis gegaan, op de intensive care trof ik zijn vrouw, zijn zus en twee kinderen. Ze waren opvallend rustig. Ik heb lang met ze gesproken, veel uitgelegd, ook aan de kinderen, verteld wat er precies zou gaan gebeuren. Ik probeerde steeds in te schatten welke informatie ze nodig hadden. Dat maakte het contact heel intensief. De artsen waren bezig met onderzoek om de hersendood vast te stellen, een procedure die een paar uur duurt. Toen dat was afgerond kwamen ze de familie condoleren. Ze vertelden hoe laat ze zijn dood hadden vastgesteld. Ik weet nog dat ik het tijdstip voor ze heb opgeschreven en wat ik heb gezegd: we zullen goed voor hem zorgen.

Toen hij werd geopereerd, bleef zijn vrouw in het ziekenhuis. Vijf uur lang heeft ze daar zitten wachten totdat al zijn organen eruit waren gehaald. Na zes weken heb ik haar gebeld, dat doe ik altijd om nabestaanden te vertellen wat er met de organen is gebeurd. Ze wilde graag dat ik langskwam. En zo zat ik opeens in een onbekende huiskamer en zag ik voor het eerst een foto van de man toen hij nog leefde, een man die ik in het ziekenhuis alleen maar in bed had gezien, vastgekoppeld aan slangen en apparatuur. Zijn vrouw vertelde me waarom ze onmiddellijk toestemming had gegeven voor donatie. Ze had het er met hem vaak over gehad, het paste zo goed in zijn stijl van leven, hij was altijd bezig met anderen. Hij was alleen vergeten om zichzelf bij het donorregister aan te melden. Ze moest huilen toen ik haar vertelde dat dankzij zijn nieren, zijn hart, lever en alvleesklier vijf patiënten weer een normaal leven konden leiden.

Ik voer dit soort gesprekken enkele tientallen keren per jaar, in ziekenhuizen in heel West-Nederland, en die gesprekken zijn altijd aangrijpend. Soms stijgt iemand erbovenuit, een nabestaande die ik me blijf herinneren, en dat is deze vrouw. Ik heb haar maar heel kort gekend, tijdens een van de meest intense periodes van haar leven, vermoed ik, en in die weken ontstond een sterke band.

Over het moment waarop ik de kamer binnenstapte op de intensive care zei ze later: en toen kwam Hanneke in ons leven. Die zin zegt alles. Dat zij, met haar kinderen, mij in de zwaarste periode van haar leven zoveel vertrouwen gaf, dat vind ik nog steeds indrukwekkend. Daardoor ben ik gaan beseffen waarom ik dit werk zo waardevol vind. Omdat ik nabestaanden, te midden van al het verdriet, een gevoel van troost kan geven, over het laatste wat hun geliefde nog kan betekenen. Deze vrouw heeft mij doen inzien hoe belangrijk het is om een leven goed af te ronden.'

Kroonkurken

Vaatchirurg Marc Scheltinga (58)

'Hij woonde in de buurt van Rotterdam en tijdens de autorit naar Eindhoven had hij twee keer noodgedwongen moeten stoppen om de benen te strekken, zo onhoudbaar was de pijn. Kromgebogen kwam hij mijn spreekkamer in, doodop en neerslachtig. Hij wees op zijn lies. Dokter, zei hij, het voelt alsof daar continu zes kroonkurken onder mijn huid zitten te wroeten. Drie jaar lang al werd zijn leven gedomineerd door een kwelling die, zo was hem verteld, nooit meer zou verdwijnen. Hij kon niet meer op of neer, was gestopt met werken en in de WAO beland. Ik zat tegenover een man die het leven niet meer zag zitten. Van mij hoeft het zo niet meer, zei hij.

Het was allemaal gekomen door een liesbreuk waaraan hij aanvankelijk met succes leek te zijn geopereerd. De chirurg had op de plek van de breuk een matje geplaatst, een stukje kunststof dat veelvuldig wordt gebruikt bij dit soort ingrepen. De chirurg legt het matje op de zwakke plek in de lies, waarna het lichaam littekenweefsel aanmaakt. Het matje komt stevig vast te zitten en de breuk wordt hersteld.

Een prima techniek die bijna altijd effectief is. Nu pas weten we dat bij een paar procent van de patiënten de operatie beroerde gevolgen heeft: zij krijgen door dat matje chronische pijn in hun lies. Maar toen deze man bij mij kwam was dat nog niet zo duidelijk.

Zijn eigen chirurg had een echo gemaakt en een MRI-scan. Daar was niks geks op te zien, hij moest er maar mee leren leven. Hij was doorgestuurd naar het pijnteam. Dat had niet veel uitgehaald, deze pijn is heel slecht met medicijnen te bestrijden. Die mat moest eruit, hij wist het zeker, en hij had overal rondgevraagd maar niemand wilde hem helpen.

En toen kwam hij bij ons. Wij zijn gespecialiseerd in buikwandpijn, zijn huisarts had dat gelezen en hem doorverwezen. Ik onderzocht hem en besefte dat hij waarschijnlijk gelijk had: dat hij de godganse dag kroonkurken in zijn lies voelde prikken werd door het matje veroorzaakt. Ik heb een aantal collega's gebeld, maar niemand had ervaring met het verwijderen van matjes. Erin zetten was geen probleem, maar eruit halen, daar waagde niemand zich aan. Toen dacht ik: dan doe ik het maar zelf. Ik herinner me nog het moment waarop ik hem dat vertelde. Hij begon te huilen. Zo'n grote, sterke man, gesloopt door een stukje textiel en zielsgelukkig om eindelijk een dokter te treffen die hem geloofde. Dat was het moment waarop ik sterker dan ooit besefte dat je als arts heel goed naar je patiënt moet luisteren. Want de patiënt geeft je bijna altijd de juiste diagnose. Je moet alleen wel de juiste antenne aan hebben staan.

Ik had de operatie nog nooit gedaan. De mat was vergroeid met weefsel, het was een hele klus om alles zonder schade los te knippen. Toen de man na zes weken op controle kwam, liep hij rechtop mijn spreekkamer binnen, lachend en energiek, een totaal ander mens. De pijn was weg, hij functioneerde weer.

Maar na het enthousiasme kwam de frustratie en die was groot. Had dit niet eerder gekund, wilde hij weten. Waarom had hij hier zo lang mee moeten rondlopen? Natuurlijk had hij gelijk. Hij was de dupe geworden van een gebrek aan betrokkenheid. Een arts die niet weet wat hij aan moet met een patiënt heeft de plicht om op zoek te gaan naar anderen die dat misschien wel weten.

Deze stoere Rotterdammer heeft me geleerd dat je als arts bereid moet zijn om van gebaande paden af te wijken, om dingen te doen die je nooit eerder hebt gedaan. Zeker als je ervan overtuigd bent dat je daarmee je patiënt kunt helpen. Eigenwijsheid is een positieve eigenschap, als je genoeg reden hebt om het te zijn.'

Verstoppertje

Tropenarts in opleiding

Erik Wehrens (29)

'Zijn moeder bracht hem, hij was er slecht aan toe. Toen ik bij hem werd geroepen was hij bewusteloos en kreeg hij voortdurend epileptische aanvallen. Hij ademde diep en moeizaam. We zagen al snel wat er aan de hand was: malaria in de hersenen, de gevaarlijkste vorm van de ziekte. Zijn kansen om te overleven waren minimaal. Zes jaar oud was hij pas en hij zou waarschijnlijk, net als te veel andere kinderen in Zuid-Soedan, nooit volwassen worden.

Het vluchtelingenkamp waar ik werk is overvol, bijna 120.000 mensen zitten hier vlak bij de grensplaats Bentiu al jaren vast, opgejaagd door de burgeroorlog die hun land teistert. De omstandigheden zijn beroerd, ze wonen in hutjes van golfplaat. Het kamp is omgeven door een moeras, de ideale omstandigheden voor de malariamug. Verreweg de meeste patiënten die we binnenkrijgen zijn kinderen. Het ziekenhuis dat Artsen zonder Grenzen in het kamp heeft opgezet telt 150 bedden, heeft een operatiekamer, een afdeling spoedeisende hulp, een afdeling kindergeneeskunde en een voedingskliniek, maar hoe hard we ook ons best doen, iedere week zien we kinderen doodgaan.

Vier dagen lang zorgde ik overdag voor deze jongen, 's nachts namen mijn collega's het over. Al die tijd lag hij buiten bewustzijn in bed. We gaven hem medicijnen tegen malaria, antibiotica en vocht. Zo schipperden we tussen de kliffen door in de hoop dat zijn lijf zelf de schade zou herstellen. Iedereen in ons team kende hem, elke dag bespraken we zijn situatie, eigenlijk geloofde niemand in een goede afloop. Als hij het al zou redden, dan was de kans op complicaties groot. Veel kinderen die zo'n ernstige vorm van malaria overleven worden blind of doof, raken verlamd of lopen een verstandelijke beperking op.

En toen ging het langzaam beter. Hij reageerde op pijn, daarna ook op onze woorden en na een etmaal opende hij spontaan zijn ogen. Hij ging rechtop zitten, begon te eten en weer te praten. Ruim een week nadat hij doodziek in ons ziekenhuis was binnengekomen rende hij weer vrolijk rond. Hij speelde verstoppertje onder de bedden en voetbalde in de ziekenhuisgangen. We waren allemaal zo blij om hem zo te zien.

Als ik nu aan het bed sta van een kind dat het niet dreigt te halen, denk ik terug aan die jongen. Over een vluchtelingenkamp zijn veel verhalen te vertellen en vaak zijn die verdrietig en hopeloos. Maar zo'n kind dat op wonderbaarlijke wijze geneest maakt dat we ons werk volhouden, dat we gemotiveerd blijven, dat de moed ons niet in de schoenen zakt. Dat geldt des te meer voor de Zuid-Soedanese artsen en verpleegkundigen die wij ondersteunen. Wij gaan na een halfjaar weer weg, maar zij werken hier al jaren en zien zoveel ellende. Wat geeft het dan een voldoening om te merken dat we soms het verschil kunnen maken tussen leven en dood.

Later vertelde zijn moeder me dat ze ervan uit was gegaan dat haar kind gewoon beter zou worden. Ze had hem toch naar het ziekenhuis gebracht? Dat zegt veel over de veerkracht van de mensen hier. We zitten midden in een conflictgebied, buiten het kamp woedt een vreselijke oorlog, maar de meeste bewoners kijken vooruit. Er is stil verdriet, we komen veel mentale problemen tegen, maar de mensen gaan door, ze proberen wat van hun leven te maken. Ze bouwen kerken en markten en overal wordt gevoetbald. En ze hebben hoop, ook als dat niet terecht lijkt, omdat ze weten hoe het is om te leven zonder hoop.

Hoe het nu met die jongen gaat weet ik niet. Toen hij ons ziekenhuis verliet was hij gezond, er was geen reden om hem terug te laten komen. Hij is opgelost in de mensenmassa van het vluchtelingenkamp, ergens hier staat een hutje waar hij gewoon verder leeft. Ik hoop maar dat hij nog steeds verstoppertje speelt en met zijn vriendjes achter een bal aan rent.'

Een rubberen ziel

Neurochirurg Wilco Peul (53)

'Pieter was een negentienjarige student die op een avond gruwelijk was mishandeld. Onbekenden hadden op het station zijn gezicht bewerkt met een ploertendoder. Hij kwam in een diep coma ons ziekenhuis binnen. We hebben hem die nacht met spoed geopereerd, en daarna nog een paar keer. De vooruitzichten waren heel slecht, maar we hebben er alles aan gedaan om hem in leven te houden. Dat lukte. Hij heeft maanden op de intensive care gelegen en na een jaar was hij erbovenop. Hij was zo dankbaar dat hij zelfs een speciale website maakte om daarover te vertellen.

Pieter ging terug naar Zeeland, waar zijn ouders woonden. Hoe het hem daarna verging wist ik niet. Ik opereer jaarlijks tientallen patiënten die hersenletsel hebben opgelopen door een trauma, vaak een ongeluk. Ik verdiepte me nooit in de vraag hoeveel van hen we echt uitzicht bieden op een waardig leven. Patiënten die het hadden overleefd zag ik nooit meer terug. Ze vertrokken naar huis, en als het minder goed met ze ging kwamen ze in een revalidatiecentrum terecht of in een verpleeghuis. Maar daar kwam ik nooit.

Tot vier jaar geleden, toen ik voor het eerst een revalidatiecentrum bezocht. Daar zag ik patiënten die wij geopereerd konden hebben en dat was zo confronterend. Ik trof ernstig invalide mensen die nog maar tot zo weinig in staat waren en ik vroeg me af of ik mijzelf dat zou toewensen. Wat was voor mij eigenlijk de essentie van waardigheid en geluk? Het bestaan is zo kwetsbaar als je hersenen worden geraakt en ik had me nooit afgevraagd: doen we in het ziekenhuis het goede? Moeten we altijd alles doen wat kan?

Daarna is er in mijn hoofd veel gaan schuiven. Een van mijn studenten wilde uitzoeken of patiënten die het ziekenhuis verlaten na een hersenoperatie een menswaardig bestaan kunnen leiden. We besloten de patiënten te gaan interviewen die we de afgelopen jaren hadden geopereerd. En zo kwamen we in Zeeland terecht, bij Pieter. We dachten dat het heel goed met hem ging, zo hadden we ooit afscheid genomen. Maar hij had veel last van epileptische aanvallen. Zijn IQ was nooit meer op het oude niveau gekomen, zijn geheugen was aangetast. Hij had tal van studies geprobeerd, maar niks was gelukt. En hij had geen partner.

We zijn ons rot geschrokken. Het eerste halfuur op de terugweg naar huis hebben we niets tegen elkaar gezegd. Gelukkig kwamen we in een file terecht zodat we er rustig over konden praten. Wij waren er volledig van overtuigd dat we bij Pieter een wonder hadden verricht. Maar het wonder bleek geen wonder.

Pieter heeft me duidelijk gemaakt hoe belangrijk het onderzoek is dat we nu doen. We werken daarbij samen met andere ziekenhuizen. Hoe ver moeten we gaan met onze behandelingen? Moeten we iedere patiënt altijd opereren?

We zijn nog lang niet klaar, maar door patiënten en hun familie te ondervragen hopen we op die vragen ooit een weloverwogen antwoord te kunnen geven. Zodat we een beter verhaal kunnen vertellen, misschien zelfs kunnen voorspellen welke patiënten er goed uit komen en welke niet. En op basis daarvan betere beslissingen kunnen nemen.

De confrontatie met Pieter heeft me diep geroerd. Het heeft me niet alleen gestuurd in de uitoefening van mijn vak maar ook de kijk op mijn leven veranderd. Ik was zo'n ijskonijn dat ik in mijn werk niet kon worden geraakt. Ik stopte mijn emoties weg, want die hinderden me. Lange tijd had ik een rubberen ziel, dankzij Pieter ben ik empathischer geworden.'

Het ondergrondse

Verpleegkundige Hans van Dam (59)

'Op een maandagavond, de vaste bridgeavond van haar man, had ze een overdosis medicijnen geslikt. Ze overleefde bij toeval. Een aantal bridgespelers was geveld door de griep en haar man kwam eerder thuis. Hij vond haar en zo kwam ze in het ziekenhuis terecht waar ik als leidinggevende werkte op de afdeling neurologie.

Dorien, een vrouw van midden veertig, met twee jonge kinderen. Het is al dertig jaar geleden, maar ik zie haar gezicht zo weer voor me: een indringende oogopslag, maar ook een blik die langs iedereen heen gleed. Contact weerde ze af, ze wilde met niemand praten. De zenuwarts die haar behandelde zei dat hij geen aanwijzingen had voor een psychiatrische ziekte. Er was sprake, zei hij, van een ernstig levensprobleem.

Langzaam groeide er tussen ons iets van vertrouwen en op een dag wilde ze apart met me zitten. We gingen naar een kantoortje. Ze keek naar de grond, zei alleen maar dat ze zo verdrietig was, er vielen lange stiltes. En toen zei ik opeens: Dorien, ik zit hier niet om je van je volgende suïcidepoging af te houden.

Het was alsof er een muur in elkaar donderde. Ze richtte haar hoofd op, keek me met wijd open ogen aan en zei: wát zeg je? Maar dat wil toch elke hulpverlener? Ze was een intelligente vrouw, ze begreep heel goed wat er zou gebeuren als ze haar doodswens herhaalde. Dan zou ze met dwang worden opgenomen. En dus hield ze haar mond. Ik moet hebben gezien dat ze zich onveilig voelde, dat ze pas zou gaan praten als er ruimte kwam.

Met haar arts sprak ik af dat ik haar na ontslag uit het ziekenhuis zou blijven opzoeken. Gaandeweg vertelde ze me over haar leven, een leven dat haar zo'n pijn deed. Ze had zo weinig vertrouwen in anderen, en ze was zo gevoelig, alle indrukken kwamen keihard binnen. Na twee jaar gaf ze me een boek: *Aantekeningen uit het ondergrondse* van Dostojevski. Het was een veelzeggend cadeau. Ons contact was zoals in dat boek, zij liet mij haar ondergrondse zien.

Na een jaar of vier merkte ik dat het slechter met haar ging. Ik had al langer het vermoeden: er komt een moment dat ze alsnog haar leven beëindigt. Misschien, zei ze als ik haar ernaar vroeg. Ik besprak dat alleen met haar arts. Hij greep niet in, zag het uitzichtloze. Op een ochtend werd ik gebeld door haar man. Dorien had de avond ervoor thuis een einde aan haar leven gemaakt. Op een gruwelijke manier. Ze was gevonden door haar dochter van dertien.

Mijn ervaringen met Dorien zijn een les voor het leven geweest. Pretenties loslaten, dat is wat wij moeten doen. Hulpverleners zijn er meestal op uit om anderen van een zelfgekozen dood af te houden. Wat een zelfoverschatting. Wij zijn te gast in het leven van een ander en zo horen we ons te gedragen. Wie zo wanhoopt wil allereerst worden begrepen. En daarna moeten we voorzichtig duidelijk zijn, de ander meegeven dat hulp mogelijk is. Dat geeft zoveel opluchting. Ik heb leren luisteren, een mens die zijn verhaal niet kan delen wordt dodelijk eenzaam.

De vreselijke dood van Dorien heeft ook mijn opvatting over hulp bij zelfdoding gekleurd. Als iemand echt niet meer wil, moet er een humane uitweg zijn. Die mogelijkheid geeft mensen lucht, soms om verder te kunnen, soms om minder eenzaam de dood in te gaan. Als het niet meer gaat, dan moet het niet gaan zoals bij deze jonge moeder.

Haar boek staat bij mij in de kast. Voorin staat een opdracht: *Van Dorien.*'

Dochter

Kinderarts Piet Leroy (48)

'Het was Moederdag, mijn jongste dochter werd ziek en aanvankelijk leek het op een stevige verkoudheid. Maar in de loop van de week ging het steeds slechter met haar: een meisje van nog geen drie jaar oud met hoge koorts, hoestend en kortademig. In de nacht van vrijdag op zaterdag ging ze zo snel achteruit dat ik mijn collega's op de eerste hulp heb gebeld. Ze bleek een ernstige longontsteking te hebben, er zat pus in haar longen, ze had problemen met de bloeddruk. Een ziektebeeld dat ik had moeten herkennen maar bij mijn eigen kind over het hoofd had gezien. Ik ben getraind, heb nooit een diagnose gemist, maar nu dus wel. Was het andermans kind geweest, dan zou ik op zoek zijn gegaan naar symptomen om mijn vermoedens te bevestigen, maar als vader had ik alleen maar gezocht naar geruststelling.

Ze werd opgenomen op mijn eigen afdeling, de kinder-intensive care. Opeens was ik geen arts meer maar vader. Het perspectief werd letterlijk anders, ik stond niet meer aan het bed maar zat ernaast. Daar heb ik veel van geleerd. Artsen zijn geneigd om vanuit de inhoud van de ziekte te denken en te communiceren: dit is het probleem, dat is de prognose en zo gaan we het oplossen. We zijn erop gericht om veel informatie te verstrekken. Maar ouders zijn met heel andere vragen bezig. Ze zijn bang, ze vragen zich af: komt het goed? Houdt mijn kind er iets aan over? Heb ik aanwijzingen gemist? Ik had de fijnste gesprekken met artsen en verpleegkundigen die niet alleen de correcte informatie over de ziekte gaven maar ook peilden hoe ik me voelde.

Die ervaring heeft me sterk beïnvloed. Ik praat nu heel anders met ouders. Mijn artsenlogica kan enorm afwijken van hun belevingswereld, die les had ik niet uit boeken kunnen halen. Ik neem nu de tijd om ouders te leren kennen, praat met ze over werk, vrije tijd, het gezin. En ik geef ze de kans om hun angsten te benoemen. Zo ontstaat een band, en dat vormt de basis voor echt contact. Alle informatie die ik daarna geef komt dan veel beter aan.

Mijn dochter is een paar keer geopereerd. Ik kende het ziektebeeld, ik wist dat het bijna altijd goed komt. Daar hield ik me aan vast. Maar na ruim een week ontstond een ernstige complicatie, een scan wees uit dat er een nieuwe ontsteking zat, tussen haar longen en haar hart. Toen zag ik voor het eerst twijfel in de ogen van mijn collega's. Dat heeft een dag geduurd, een dag waarin we in doodsangst zaten.

Het is allemaal goed gekomen, maar die angst heb ik daarna nog tientallen keren herbeleefd. Het kamertje waar mijn dochter had gelegen bleef nog lang verbonden aan het drama van die ene dag. Toen er al lang weer andere kinderen lagen, en ik weer gewoon de kinderarts was, moest ik er elke keer aan denken als ik er naar binnen ging.

Als een kind herstelt na een ernstige ziekte, zijn we

geneigd om euforisch te reageren en alle heftige emoties die ouders hebben meegemaakt een beetje te vergeten. Er heerst opluchting, alles is achter de rug. Nu pas weet ik hoelang de vertwijfeling kan doorwerken. De angst een kind te verliezen, de slapeloosheid, het geregel thuis, de stress waar ouders vaak verschillend op reageren, dat alles kan later leiden tot een flinke terugslag. Dat benoem ik nu als ik met ouders praat. U krijgt het daar nog moeilijk mee, zeg ik ze, neem de tijd om het te verwerken. Mijn zieke dochter heeft me laten zien waar ouders mee worstelen en dat heeft van mij een betere arts gemaakt.'

Moeder

Verpleegkundige Paula Groenendijk (60)

'Ze hield van uitgaan, nieuwe kleren kopen, vakantie vieren, een mooie, uitbundige jonge vrouw van achter in de twintig, bij wie het leven plotseling tot stilstand was gekomen. Baarmoederhalskanker in het eindstadium, we konden niets meer voor haar doen behalve de pijn bestrijden. Ze lag op mijn afdeling en op een avond zei ze me: Paula, zo wil ik niet meer. Haar buik en benen waren opgezwollen, ze had veel pijn, ze was zo moe. Ik lig hier weg te kwijnen, zei ze, terwijl ik midden in het leven hoor te staan.

Ik draai vooral avonddiensten en het mooie daarvan is dat patiënten dan veel meer praten. Het bezoek is naar huis, de artsen zijn weg, het wordt stil en donker en dan gaan patiënten nadenken. Ik wil euthanasie, zei ze. De volgende avond begon ze er weer over. Ik heb haar arts ingelicht. Die is met haar gaan praten maar wilde er niet aan meewerken. Hij zag nog kansen om de pijn te bestrijden, om haar nog een paar goede maanden te geven.

Woest was ze. Vroeger zou ik haar boosheid hebben begrepen. Ik ben er heel lang van overtuigd geweest dat euthanasie ook op jonge leeftijd gehonoreerd moet worden. Ik was begin twintig, net begonnen als verpleegkundige, toen ik een arts assisteerde die het leven beëindigde van een terminaal zieke jonge vrouw. Geen van mijn collega's wilde helpen. Ik vond het een recht van iedere patiënt, en was altijd een beetje verontwaardigd als artsen er niet aan wilden meewerken. Maar na al die jaren sloeg opeens de twijfel toe.

Twee maanden daarvoor had mijn zoon een hartstilstand gekregen. Hij kwam in mijn eigen ziekenhuis terecht. Ik zat naast hem en ik was doodsbang dat hij het niet zou overleven. Nu zag ik, aan het bed van deze jonge vrouw, een andere moeder zitten, die bijna in dezelfde situatie verkeerde als ik, kort daarvoor. Mijn zoon was net zo oud als haar dochter. Zij moest afscheid nemen, mijn zoon had het overleefd. Ik begreep de wens van haar dochter, het was haar leven, haar beslissing. Dat zei ik ook tegen de moeder. Maar wat voelde ik me daar ongemakkelijk bij. Ze werd boos op me. Ze vond het veel te vroeg voor euthanasie. En als het nou uw eigen kind was? vroeg ze me. Die opmerking kwam binnen, ik wist zo goed wat ze doormaakte.

Ze zijn naar huis gegaan, de dochter is een paar maanden later overleden. Sindsdien is er iets veranderd in de manier waarop ik met jonge kankerpatiënten omga. Ik ergerde me altijd een beetje als familieleden tegen patiënten zeiden dat ze moesten vechten. Nu niet meer. Sinds de ziekte van mijn zoon begrijp ik de angst van ouders, de weerstand tegen euthanasie, die het afscheid ineens zo concreet maakt. Daarom doe ik er alles aan om het jonge, ernstig zieke patiënten naar de zin te maken, zo lang als dat kan. Ik stimuleer ze om uit bed te komen, geef ze lekkere dingen te eten, zorg dat ze zo weinig mogelijk pijn hebben. Allemaal om te vermijden dat ze hun doodswens te vroeg uitspreken. Ik heb begrip gekregen voor ouders die nog niet klaar zijn voor de dood van hun kind. En ik begrijp ook de arts die niet in staat is om bij een jonge patiënt het leven te beëindigen. Artsen vinden dat ze zijn opgeleid om te genezen, en dat idee knelt zo enorm als de patiënt die om euthanasie vraagt nog jonger is dan hun eigen kinderen. Nu denk ik: het is ook een recht van artsen om het niet te willen, niet te kunnen.'

Dwars door de boosheid

Gynaecoloog Bart Fauser (63)

‘Vlak na de diagnose kwamen ze langs in ons ziekenhuis, twee jonge mensen die hun toekomst hadden zien instorten. Bij de man was kanker geconstateerd en de chemokuren die hij zou krijgen konden hem onvruchtbaar maken. Hij wilde sperma laten invriezen. Dan kon hij later met zijn vrouw toch nog een eigen kind krijgen.

Een tijd later kwamen ze op mijn spreekuur, met de wens om zijn sperma te gebruiken voor een vruchtbaarheidsbehandeling. Er deed zich alleen een geweldig dilemma voor. Want de man die tegenover me zat keek de dood in de ogen. De chemo had niet geholpen, hij was terminaal. Was het wel verantwoord om aan hun verzoek tegemoet te komen? Kon de vrouw de gevolgen van haar besluit overzien? Mochten we een kind op de wereld zetten dat zijn vader niet zou kennen?

Het waren vragen die ik niet alleen kon beantwoorden. Ik legde ze voor aan de multidisciplinaire groep waar we maandelijks dit soort complexe vraagstukken bespraken. We kwamen al snel tot de conclusie dat het niet verstandig was om eraan mee te werken, althans niet op dat moment. Ik herinner me hun reactie, koel en afstandelijk. Ik heb uitgelegd dat wij ons medeverantwoordelijk voelen voor de behandelingen die we doen en dat we daarom mee mogen bepalen waar de grenzen van ons handelen liggen. Het stond ze vrij, heb ik gezegd, om te kijken of ze elders wel konden worden geholpen.

Drie jaar later zat de vrouw opeens weer op mijn spreekuur, samen met haar vader. Ze vertelde dat ze inderdaad naar een andere kliniek waren gegaan, dat haar man al tijdens de eerste behandeling was overleden en dat zij had besloten ermee te stoppen. Ik was toen erg boos op u, zei ze, maar nu kom ik terug om mijn wens alsnog te laten uitkomen. Ik heb geen nieuwe partner, ik leid een stabiel leven en ik heb mijn vader meegenomen om daarvan te getuigen.

Dit keer besloten we gezamenlijk om wel met de behandeling te beginnen. Alleenstaande vrouwen komen immers in aanmerking voor een vruchtbaarheidsbehandeling en haar man had toestemming gegeven om zijn sperma ook na zijn dood te gebruiken. Ik was geraakt door alle problemen die deze vrouw al zo jong had moeten overwinnen.

Kort daarop werd ik gebeld door de arts die bij haar de ivf-behandeling zou doen. Ze was niet komen opdagen. Ik belde haar op. Ik heb alles nog eens grondig overdacht, zei ze, en ik heb besloten ervan af te zien. Drie jaar geleden voelde het als uw besluit, nu als dat van mij.

Toen pas zag ik hoe complex beslissingen over leven en dood kunnen zijn. Zij had het gevoel dat we toen iets over haar hadden afgeroepen en dat riep verzet op. Pas veel later was ze zich gaan afvragen: wil ik het eigenlijk zelf wel? Deze omweg had ze kennelijk nodig om tot inzicht te komen.

Ik behoor tot de generatie artsen die zelf heeft moeten leren wat de beste manier is om met patiënten te communiceren. Bij dit echtpaar ben ik vermoedelijk te streng in de leer geweest. Ik heb geprobeerd om ze mee te nemen in onze redenering, maar kennelijk is me dat niet gelukt.

Deze vrouw heeft mij een spiegel voorgehouden door, dwars door haar boosheid heen, bij mij terug te keren. Ik sta nog steeds achter mijn beslissing van toen. Maar door haar heb ik geleerd hoe belangrijk het is om allereerst een vertrouwensband op te bouwen met patiënten. Sindsdien doe ik nog meer mijn best om ze mee te nemen in de besluitvorming. Zodat er uiteindelijk een beslissing valt waarbij we allemaal het gevoel hebben: zo is het goed.'

Gevlucht

Huisarts Sandra Bijl (52)

'Ze was gevlucht uit Irak, samen met haar man en haar pasgeboren zoon, die ze in een doek op haar rug over de bergen had gedragen. Nadat ze hier asiel had aangevraagd was ze in mijn Rotterdamse wijk komen wonen, waar ze nog twee kinderen had gekregen. Maar de veiligheid die ze hier had moeten vinden werd tenietgedaan door het drama dat zich bij haar thuis afspeelde. Ze kwam op mijn spreekuur met vage klachten en pas na tal van gesprekken kwam ik erachter wat de oorzaak was. Haar man mishandelde en verkrachtte haar. Ze schaamde zich daar erg voor.

Ze vertelde me wat ze deed als hij tegen haar wil seks verlangde. Dan liet ze hem zijn gang gaan, deed haar hoofddoek voor haar ogen en keek niet. Zo was ze een paar keer zwanger geraakt en dan kwam ze, zonder dat hij het wist, bij mij om een abortus te bespreken. Hij kreeg waanideeën, dacht dat ze een ander had, en instrueerde zijn zoons om haar de hele dag in de gaten te houden.

De hulpverleners die bij het gezin betrokken waren zeiden allemaal hetzelfde: dit kan niet langer, ga bij hem weg.

Maar in haar achterhoofd had ze het schrikbeeld van haar Irakese zwager die uit eerwraak zijn vrouw had vermoord. Ze vreesde hetzelfde lot. Ze belde haar drie broers, die in Duitsland en in Irak wonen, en besprak een scheiding. Geen sprake van, kreeg ze te horen. Dan moest zij terug naar Irak en zou ze de kinderen nooit meer zien. Ze zat klem. En ondertussen werd de druk opgevoerd. Door haar man, die doodleuk aan vrienden vertelde dat zij geen goede echtgenote was omdat ze niet met haar benen wijd wilde, terwijl dat toch haar huwelijkse plicht was. Hij zei dat gewoon waar de kinderen bij waren, wat de vernedering nog erger maakte. Druk ook van de hulpverleners, die dreigden haar kinderen uit huis te halen omdat de problemen thuis te groot werden.

Allerlei instanties bemoeiden zich met het gezin, en iedereen wist wat ze moest doen. Ook ik praatte op haar in. Ik zag haar bijna wekelijks en zei haar dat ze stappen moest zetten, dat ze hier in Nederland niet bang hoefde te zijn. En dan antwoordde ze steeds hetzelfde: ik kan dat niet. Ik heb zelfs burgemeester Aboutaleb nog gebeld met de vraag of hij niet eens met haar man kon praten. Ik kwam niet verder dan zijn secretaresse. We waren met zijn allen bezig om voor haar te denken. Maar we redeneerden vanuit onze eigen, Nederlandse context. Ik zag over het hoofd dat zijzelf het beste wist wat de impact van een scheiding zou zijn.

Uiteindelijk heeft ze het zelf opgelost. Ze liet haar broers overkomen uit Duitsland en regelde een familiegesprek met haar man. Aanvankelijk vonden haar broers dat ze het moest blijven proberen, maar ze praatte op hen in en toen gingen ze overstag. Ze gaven haar, namens de familie, toestemming om te scheiden en zo kon ze haar eer behouden. Ze woont nu alleen met haar zoons, haar man komt af en toe langs voor de kinderen. Hij heeft de situatie moeten accepteren.

Van haar heb ik geleerd dat ik niet altijd moet denken dat ik andermans zaken kan oplossen. Wie ben ik om te bepalen wat goed is? Ik werk in een achterstandswijk met veel migranten, wat weet ik nou van hun cultuur en achtergrond?

Deze vrouw is zo sterk. Terwijl ze door stress en verdriet bijna door haar hoeven zakte had ze toch nog de energie om zichzelf uit de ellende te trekken. Ik zie haar nog maar zelden op mijn spreekuur.'

Huwelijk

Geriater Johan Schuijtemaker (42)

'Ik kreeg haar onder mijn hoede toen ik als arts-assistent stage liep op de afdeling interne geneeskunde. Een vrouw van begin veertig met twee jonge dochters. Ze had kanker en er bestond een reële kans op genezing, maar de behandeling sloeg niet aan. Haar tumor bleek genetisch te veranderen, we moesten steeds op zoek naar nieuwe chemokuren. Ze had veel zorg nodig, vaak was ik wat langer bij haar en zo raakten we in gesprek. Ze had een grote groep vrienden die elkaar aflosten en van alles voor haar deden. Haar kamer was een zoete inval, dat was mooi om te zien.

Langzaam ging ze steeds meer achteruit en ik herinner me mijn ongeloof. Dit gaat toch niet gebeuren, dacht ik. Ze gaat hier toch niet aan overlijden? Uiteindelijk had ze ook zelf in de gaten dat ze het niet zou redden en toen begon ze zich zorgen te maken. Hoe moest dat dan met haar dochters? Ze was gescheiden, haar ex-man woonde een eind verder weg, de meisjes woonden bij haar. Ze had een huurhuis, als zij zou overlijden konden zij daar niet blijven wonen. Dan moesten ze weg uit hun vertrouwde omgeving, weg bij hun vriendinnetjes.

En toen bedacht ze een oplossing. Ze zou opnieuw met haar ex-man trouwen, dan kon hij na haar dood in haar huurhuis komen wonen en bij zijn dochters intrekken. Ze had goed contact met haar ex, hij stemde toe. Er was alleen een probleem. Hij was in de tussentijd in een ander ziekenhuis opgenomen voor een zware operatie aan een gewricht. Hij lag daar in een soort stellage. De chirurg in ons ziekenhuis aarzelde niet en liet de man met de ambulance ophalen. Er was geen medische indicatie, hij moest een patiënt gaan behandelen die hij helemaal niet had geopereerd, maar het gebeurde gewoon.

De ambtenaar van de burgerlijke stand kwam naar het ziekenhuis en trouwde de twee in haar kamer, bed aan bed. Kort daarop overleed ze. Haar man was erbij, in zijn bed naast haar.

Ik heb dat zo bijzonder gevonden. In de laatste twee weken van haar leven is dit gewoon allemaal geregeld en iedereen hielp mee. Ik kreeg een aan mij persoonlijk geadresseerde rouwkaart en dat ontroerde me. Ondanks het verdriet om haar overlijden kreeg ik toch het gevoel dat ik het goed had gedaan. Het systeem van de zorg is ingewikkeld en bureaucratisch, maar hier werd het aangepast aan de patiënt. Dat kan, als je maar wilt, en daar ben ik me nog steeds van bewust.

Nu werk ik als geriater met oudere patiënten en ook die zorg staat bol van de regels. Maar altijd denk ik aan toen en probeer ik de zorg om de patiënt heen te regelen. Dat lukt meestal, maar je moet wel een beetje inventief zijn. Veel oudere patiënten hebben chronische ziektes en zullen niet meer genezen. Dan is het zaak om te bekijken hoe we ze zo kunnen helpen dat ze zo goed mogelijk hun leven kunnen blijven leiden. Dan moet je alleen wel inzien wat voor leven dat is. Dat betekent oog hebben voor andere zaken dan alleen de ziekte: wat voor werk hebben de patiënten vroeger gedaan? Wat hebben ze meegemaakt? Ik vraag me nu ook af: wat voor effect heeft ons handelen op de familie? Daar informeer ik altijd naar.

Deze jonge vrouw pakte ons bij de hand om haar laatste wens te vervullen. De oudere patiënten die ik zie nemen minder snel de regie, maar met wat hulp lukt het vaak toch. Ze weten zelf heel goed wat ze wel en niet willen in het leven.'

Emoties

Psychiater Joanneke van der Nagel (43)

'Twaalf jaar geleden kwam ik als psychiater in opleiding per ongeluk in de verslavingszorg terecht. Mijn stage ging op het laatste moment niet door, vlak voor kerst moest ik nog snel iets anders regelen. Zo ging ik, met enige tegenzin, bij een verslavingskliniek aan de slag. Daar gaf ik samen met een ervaren psychotherapeut een intensieve groepsbehandeling. Het was de bedoeling dat de deelnemers inzicht kregen in de reden van hun verslaving, dus er werd veel gepraat. Het ging over hun jeugd, hun gedragspatronen, over de omgang met emoties.

De groep was al zo'n twintig keer bij elkaar geweest, we dachten dat we heel veel van iedereen wisten en toen, op een middag, zei een van de jongens: nou moet je me toch eens vertellen wat dat zijn, emoties. Ja, beaamden een paar anderen, dat wilden zij eigenlijk ook weleens weten.

Ik was perplex. Iedereen had al die maanden enthousiast meegedaan, maar kennelijk had een aantal deelnemers lang niet altijd door waar het over ging. De woorden die we gebruikten waren te ingewikkeld, de metaforen al helemaal.

Dat deze jongen ervoor uit durfde te komen dat hij het niet begreep was fantastisch. We hebben hem getest, hij bleek een IQ te hebben van rond de 70, veel lager dan gemiddeld. Zijn opmerking heeft me enorm aan het denken gezet. Ik realiseerde me opeens dat er een groep is die we met onze reguliere behandeling sterk overvragen, de mensen met een lichte verstandelijke beperking. Therapeuten in de ggz hebben een hbo- of een universitaire opleiding gedaan, wij gaan te veel uit van ons eigen denkniveau.

Later, toen ik zelf patiënten ging behandelen, zag ik hoe lastig het is om zo'n beperking vast te stellen. Je denkt zo snel dat de ander het wel snapt. Veel mensen met een verstandelijke beperking hebben gewoon een gezin, een baan, een rijbewijs. Dat maakt het zo ingewikkeld. Ze doen mee in de maatschappij, maar ze komen in het dagelijks leven vaak dingen tegen die ze net niet snappen. Alleen weten ze dat goed te verbloemen. Velen van hen dragen letterlijk een stoer jasje, ze stralen uit dat ze alles kunnen. Je ziet niet wat er aan kwetsbaarheid onder zit. En zelf komen ze er niet makkelijk voor uit.

Samen met een collega ben ik me gaan verdiepen in deze groep verslaafden. We dachten aanvankelijk aan een project van een paar uur per week, maar we zijn er niet meer van losgekomen. We hebben een behandelmethode ontwikkeld die in heel Nederland wordt gebruikt en binnenkort publiceren we de tweede druk van ons handboek. Ik ben zelfs op het onderwerp gepromoveerd. Voor mijn promotieonderzoek ben ik nagegaan hoeveel mensen met een lichte verstandelijke beperking een verslaving hebben. Het zijn er veel meer dan we dachten. Dat was wereldwijd nog nooit uitgezocht.

We zien nu in dat we bij deze groep minder moeten praten en meer moeten doen. We gebruiken bij de behandeling veel pictogrammen en spelletjes. En we werken intensief samen met de familie.

De jongen van toen hebben we niet van zijn verslaving af kunnen helpen. Hij gebruikt al jaren van alles door elkaar, heeft schulden, is met justitie in aanraking gekomen. We hebben bij hem te laat ontdekt dat hij door zijn verstandelijke beperking eerder in de problemen komt. We proberen de gevolgen van zijn verslavingen te beperken, dat is het maximaal haalbare. Anderen kunnen we dankzij onze nieuwe aanpak nu veel beter helpen.

Nee, deze jongen heeft nooit geweten wat hij teweeg heeft gebracht. Maar met die ene opmerking heeft hij perspectief gegeven aan zoveel patiënten die na hem kwamen.'

Te aardig

Gynaecoloog Mieke Kerkhof (55)

'Toen ze pas was bevallen, ging ik bij haar langs om haar te feliciteren. Dat doe ik bij alle jonge moeders, maar dat wist zij niet. Ze vond het zo bijzonder. En ik had niks in de gaten. Op een dag gaf ze mij het fotoboek van haar kind. Hou het maar een maand, zei ze, blader het maar eens door en schrijf er iets leuks in. Ik had moeten zien hoe overdreven dat was, maar ik vond dat ik niet kon weigeren. Ze had psychiatrische problemen, ze was een van de vrouwen die wij in ons ziekenhuis begeleiden in een speciale polikliniek.

Ze had geen partner en een baan waarvoor ze vroeg moest beginnen, dus toen ze weer aan het werk moest stelde ik voor dat ze voor het spreekuur op controle zou komen. Dat had zij, zo bleek later, ervaren als een vipbehandeling. Zo waren er meer dingen die ze heel anders had geïnterpreteerd, maar ik zag het niet omdat het zo geleidelijk ging.

Ze begon me brieven te schrijven, die ze afleverde aan de balie van het ziekenhuis. Ze schreef dat ik een soort moeder voor haar was geworden. Ze wilde met me theedrinken om te kijken of ik meer voor haar kon betekenen. Toen heb ik een streep getrokken. In overleg met de jurist van het ziekenhuis heb ik de arts-patiëntrelatie stopgezet, met een formele brief. Ik wilde haar overdragen aan een mannelijke collega, maar dat wilde ze niet.

Vanaf dat moment kreeg ik een stroom anonieme mails. Veel erotisch getinte teksten, steeds vanaf het hetzelfde Hotmail-adres: ‘Shakespeare in love to be’. De schrijver bleek alles van mij te weten. Het was onaangenaam, soms zelfs bedreigend. Dat heeft een jaar geduurd. Pas toen ik aankondigde dat ik aangifte overwoog stopten de mails. Ik had echt nooit verwacht dat zij erachter zat, totdat haar psychiater me vroeg of ik nog een laatste keer met haar wilde praten. Tijdens dat gesprek bekende ze dat zij mij al die tijd had gestalkt.

Ze vertrok naar een ander ziekenhuis. Toen heb ik een fout gemaakt waar ik veel van heb geleerd. Ik wilde voorkomen dat mijn vrouwelijke collega daar hetzelfde zou overkomen, dus ik besloot om haar in te lichten. Daarvoor moest ik mijn beroepsgeheim schenden, maar ik vond echt dat ik mijn ervaringen niet voor me mocht houden. Ik belde mijn collega op, maar ze was er niet. Ik kreeg haar secretaresse aan de lijn. Ik drukte haar op het hart dat ze de nieuwe patiënt bij een mannelijke gynaecoloog moest onderbrengen. Waarna de secretaresse, een beetje onhandig inderdaad, die vrouw opbelde om dat te bespreken. Ze was woedend, diende zeven klachten tegen me in bij het ziekenhuis, ze verweet me van alles. Ik kreeg op alle punten gelijk, alleen de klacht over de schending van het beroepsgeheim werd gegrond verklaard.

Ik weet nu hoe kwetsbaar je bent als arts. Het is zo’n

intiem vak, zeker de gynaecologie. Zij gaf mij het idee dat ik die intimiteit had misbruikt. Natuurlijk, haar gedrag kwam vermoedelijk voort uit haar ziekte, ze had een dwangstoornis. Maar het lag ook deels aan mij, ik wil te aardig zijn, ik wil patiënten te graag helpen. Ik hoor vaker van collega's dat ik te weinig afstand neem. Dat vind ik lastig, want zo zit ik in elkaar. Maar toch, ik ben nu een stuk strenger geworden.

Ik vertel dit verhaal altijd aan mijn coassistenten, omdat er zo'n belangrijke les in zit. Je kunt best veel overhebben voor je patiënten, maar hou wel je grenzen in de gaten.'

Een invoelbare wens

Huisarts Han Mulder (50)

'Peter was een hardwerkende jonge vent, trots op het schildersbedrijf dat hij had opgezet. Zo'n patiënt die ik nooit op het spreekuur zag, totdat hij steeds meer vage klachten kreeg: spierpijn en vermoeidheid. Na een lange ronde langs specialisten werd in de zomer van 2014 een fatale diagnose gesteld: hij had ALS. Onmiddellijk daarna kwam hij langs om te vertellen wat hij voor ogen had met de rest van zijn leven. Hij wilde euthanasie als hij het gevoel had zijn autonomie te verliezen én hij wilde dan ook zijn organen doneren.

Het leek me een vanzelfsprekend verzoek. Aanvankelijk was ik alleen bezig met de euthanasie, ik wilde weten hoe hij zijn laatste fase voor zich zag, waar hij de grens zou trekken. Pas daarna ging ik informeren naar het tweede deel van zijn vraag en toen bleek opeens dat ik me op die vanzelfsprekendheid had verkeken. Orgaandonatie na euthanasie was zeer ongebruikelijk, het was wereldwijd hooguit vijfentwintig keer gedaan. Peter zei me: ik wil nog iets goeds doen met dit zieke lichaam dat me zo teleurstelt. Het was zo'n invoelbare, mooie, logische wens, maar ik liep overal tegen muren op.

Euthanasie en orgaandonatie zijn twee gevoelige procedures, en hier moesten ze ook nog eens worden samengevoegd. En toen trof ik in het lokale ziekenhuis een intensivist die meteen zei: dat moet kunnen. Samen zijn we op pad gegaan om het voor Peter te regelen. Dat kostte veel tijd en veel overredingskracht, ook omdat er nog iets bij kwam: Peter wilde thuis inslapen. Hij wilde in zijn eigen huis afscheid nemen van zijn familie, in slaap worden gebracht, dan naar het ziekenhuis om zijn organen te doneren en meteen terug zodat hij in zijn kamer kon worden opgebaard. Dat was nooit eerder gedaan. Het lastige was dat hij daarvoor thuis onder narcose moest worden gebracht en gehouden. Daarvoor moest de intensivist het ziekenhuis uit, een zeer ongebruikelijke stap. We wisten bestuurders en collega-artsen ervan te overtuigen hoe belangrijk dat was.

Het is gegaan zoals Peter graag wilde. Drie jaar na de diagnose was hij bijna volledig verlamd en brak het moment aan waarop hij niet verder wilde. Op een mooie zonnige aprildag ben ik naar hem toe gegaan. Hij zat in de tuin, nam de slaapmedicatie in, werd geholpen bij het drinken van zijn laatste glas wijn en zakte weg in de armen van zijn moeder. Om de hoek van zijn huis stond, uit het zicht, een ambulance klaar, met de intensivist aan boord. Samen hebben we hem naar het ziekenhuis gebracht waar de orgaandonatie plaatsvond. 's Avonds bracht de begrafenisondernemer hem weer naar huis.

Wat ik zo indrukwekkend vond aan Peter was de diep ervaren dubbelheid van zijn bestaan. In zijn dromen was hij vogelvrij zoals nog maar kort daarvoor, maar zodra hij zijn ogen opende zat hij gevangen in een ziek en onwillig lijf. Dat gevoel heb ik daarna bij meer ALS-patiënten herkend.

Dankzij Peter is er nu een landelijke regeling. Door hem ben ik lid geworden van een commissie die een richtlijn heeft opgesteld voor orgaandonatie na euthanasie. Dat heeft twee jaar gekost, we hebben met tal van partijen om de tafel gezeten, tientallen gesprekken gevoerd. Een maand voordat Peter overleed was de eerste versie af. Ik ben ermee bij hem langsgegaan, hij vond het fantastisch. Ik zei hem: dit is jouw werk geweest. Nu weet ik hoe groot de stimulans van één enkele patiënt kan zijn en ook hoeveel je als arts voor zo'n patiënt kunt bereiken. Al moet je er muren voor afbreken.'

Doktersgevoel

Borstkankerchirurg
Hester Oldenburg (54)

'Ik deed wat ik zoveel patiënten had zien doen, ik stopte het weg. Maar toen ik voelde dat het speldenknopje in mijn rechterborst langzaam groter werd, realiseerde ik me: dit is niet goed. Pas na een paar maanden stapte ik ermee naar een collega. Hij voelde, er werd een echo gemaakt, een punctie gedaan. Ik herinner me nog goed het telefoontje van de patholoog. Het nieuws ging razendsnel rond op mijn afdeling. We zijn een hecht team, dat ook iemand van ons borstkanker kon krijgen was confronterend.

Ik wilde in mijn eigen ziekenhuis geopereerd worden, daar heb ik niet over getwijfeld. Mijn collega's in het Antoni van Leeuwenhoek zijn me zo vertrouwd en waar ben ik beter af dan hier? Maar het lastige was wel dat ik er zelf zoveel van wist. De ochtend dat ik als patiënt naar mijn werk ging was zo vreemd. Toen ik de operatiekamer in ging, zag ik alleen maar bekenden.

Na de operatie moest ik vijf weken worden bestraald en daar heb ik me flink op verkeken. Ook dat herkende ik van mijn patiënten. Borstkanker komt vaak voor bij vrouwen van middelbare leeftijd, en die houden zoveel bordjes in de lucht: werk, gezin, ouders die hulp nodig hebben. Vaak denken ze: die bestraling doe ik er wel even bij. Dat dacht ik ook. Maar toen kwam de terugslag. Ik voelde de wond trekken en ik dacht alleen maar: ik word beschadigd, dit wil ik niet. Als arts was ik gewend zaken af te wegen, statistieken te raadplegen, maar dat doktersgevoel was ik opeens totaal kwijt. De chirurg en de radiotherapeut hebben met me gepraat, me terug op mijn benen gezet. De bestraling heb ik afgemaakt.

Twee weken later ging ik weer aan het werk. Maar elke patiënt die tegenover me zat, dat was ik zelf. Hun verhalen kwamen veel te hard binnen. Ik bezocht een congres in Berlijn, waar honderden collega's uit de hele wereld het over borstkanker hadden, en ik dacht alleen maar: ze hebben geen idee. Daarna ben ik drie maanden gestopt. Om weer dokter te kunnen worden moest ik eerst geen patiënt meer zijn.

Zes jaar later werd bij een controle opnieuw borstkanker gevonden. In dezelfde borst, het zat zo diep dat ik het nog niet had gevoeld. Ik wist meteen wat er zou gebeuren. Na een bestraling is een borstsparende operatie niet nogmaals mogelijk. Mijn borst zou worden geamputeerd, en tegelijkertijd zou een reconstructie worden gedaan. Vijf dagen ziekenhuisopname, drains, een katheter, ik wist niet dat je de eerste dag na zo'n operatie niet eens op de rand van je bed kunt zitten.

Ik praat vaak met patiënten over de periode die aanbreekt als de behandelingen achter de rug zijn, en iedereen denkt dat het wel weer gaat. Pas dan realiseer je je wat er is gebeurd, wat er had kunnen gebeuren. Dat gevoel, die beklemming, heb ik onderschat, allebei de keren. En ik besef nu dat artsen daar ook bij hun patiënten vaak te weinig rekening mee houden.

Ik vertel patiënten bijna nooit dat ik zelf borstkanker heb gehad, het gaat in de spreekkamer tenslotte niet om mij. Maar mijn ziekte heeft een andere arts van me gemaakt. Ik voel nog beter aan wat vrouwen moeten doormaken, omdat ik het allemaal zelf heb ondervonden: hoe zwak je je kunt voelen, hoe bang je kunt zijn.

Maar vooral: hoe sterk en blijvend de invloed van de ziekte is. Ik wist dat ik niet aan de borstkanker zou doodgaan, maar toch: ik besefte voor het eerst dat mijn gezondheid niet onvoorwaardelijk is, dat ook mij iets kan overkomen, dat ik sterfelijk ben. Het is voor altijd anders.'

Spiegel

Plastisch chirurg
Irene Mathijssen (48)

‘Ze was zeven jaar toen ik haar voor het eerst zag. Cato was geboren met een ernstige schedel- en gezichtsafwijking. Haar schedelnaden waren bij de geboorte al dicht, waardoor haar hersenen niet konden groeien, haar oogkassen waren ondiep, haar ogen lagen ver uit elkaar en haar bovenkaak stond helemaal naar achteren, wat de ademhaling belemmerde. Ze was al vaker geopereerd, ze kwam bij ons terecht voor een volledige gezichtscorrectie, waarbij we het middelste deel van het gezicht naar voren zouden verplaatsen. Het is een enorme ingreep waarbij we het bot van het voorhoofd, de oogkas en de bovenkaak loshalen, de twee delen van het gezicht naar elkaar toe draaien en dan met een apparaat langzaam naar voren trekken.

De operatie was een succes. Wat ben je mooi geworden, zeiden we tegen haar. Haar ouders vertelden dat ze nu op haar zussen leek. Het was allemaal erg goedbedoeld, iedereen was opgetogen, alleen Cato niet. In de spiegel zag ze een totaal ander gezicht, ze herkende zichzelf niet eens meer. En iedereen in haar omgeving deed opeens heel anders tegen haar. Cato is intelligent, ze had haarfijn door wat er gebeurde. Ze was precies hetzelfde meisje gebleven, maar de mensen om haar heen waren positiever en enthousiaster. Alleen maar omdat ze er nu uitzag zoals andere kinderen? Zoals het hoorde? Ineens, heel eng eigenlijk, dacht haar omgeving ook dat ze slimmer was. Dat had Cato heel goed door. En daar had ze ongelooflijk veel moeite mee.

Ze probeerde haar verdriet verborgen te houden. Totdat haar moeder ontdekte hoe ze worstelde met de mening van de buitenwereld. Ze vroeg ons om hulp. De maatschappelijk werker en de psycholoog uit ons team hebben met Cato gepraat en zo kwam het weer goed met haar. Maar haar verhaal heeft ons de ogen geopend.

Sindsdien voeren we heel andere gesprekken met de kinderen die we gaan opereren. We zien in dat zij al op jonge leeftijd beseffen hoe ze eruitzien en ook snappen wat hun uiterlijk voor effect heeft op de omgeving. We leggen kinderen nu uit dat we ze gaan opereren omdat ze daarna hun ogen beter kunnen sluiten bijvoorbeeld, of beter kunnen ademen en kauwen. Dat ze er mooier door worden, dat zeggen we nooit meer. We vragen ze vooraf wat ze van de operatie verwachten, we betrekken de psycholoog bij dat gesprek en we benoemen de ervaringen van Cato: je gaat er straks anders uitzien, wat vind je daarvan?

Ik heb nog steeds contact met Cato. Ze stuurde me de spreekbeurt die ze in de klas had gehouden, een ontroerend verslag over haar aandoening, over alle ziekenhuisopnames en ook een lijstje met dingen die ze niet kan. Koprollen bijvoorbeeld. Ze is nu dertien. Laatst stuurde ze me een e-mail. Ze merkt dat ze op veel plekken toch weer wordt aangestaard, ze merkt vaker dat mensen haar anders of raar vinden. Ze had het er met haar vriendin over gehad en die had gesuggereerd om een kleine ingreep te laten doen. Zodat haar uiterlijk niet meteen te veel zou veranderen. Zodat de ervaring van toen zich niet zou herhalen. Ik ga haar binnenkort weer opereren.

Het is heel verleidelijk om tegen kinderen te zeggen dat ze er door een operatie mooier en normaler uit gaan zien, maar dat zijn allemaal waardeoordelen. Er was een meisje van zeven voor nodig om me dat te doen inzien. Elk spreekuur doe ik wel iets met de les die ik van haar heb geleerd.'

Oorlog

Huisarts Selma Mogendorff (67)

'Het was zo'n man die ik nauwelijks op mijn spreekuur zag, een grote, sterke kerel die nooit wat mankeerde, een bouwvakker die hooguit langskwam als hij tijdens zijn werk een knie had verdraaid of een hand bezeerd. Altijd optimistisch, een tikje ondeugend ook, en duidelijk aanwezig. Alles gaat vanzelf over, zei hij altijd, en als dat niet zo is, dan is het je tijd. Hij werkte zeker tot zijn zeventigste door, in zijn eigen bedrijf. Ik vroeg hem weleens of dat niet te zwaar was, of hij het niet eng vond, op zo'n bouwsteiger. Welnee wijfie, antwoordde hij dan. Hij bracht eens een bos bloemen mee omdat ik niks aan hem verdiende.

Ooit had hij me verteld, vrij achteloos, dat hij tijdens de Tweede Wereldoorlog als jonge jongen in Duitsland tewerk was gesteld. Ik kreeg niet de indruk dat hij daar verder wat over kwijt wilde, dus ik vroeg niet door. Totdat hij ernstig ziek werd en ik regelmatig thuis bij hem langsging. Hij was inmiddels aan het dementeren, in zijn hoofd keerde hij terug naar zijn jeugd: de beelden van toen lieten zich niet meer wegdringen. Daar zat hij, in zijn stoel achter het raam, een breekbare tachtigjarige, en hij kon alleen maar huilen en schreeuwen. Een soort oerkreten waren het. O God, wat erg, dit kan niet waar zijn, riep hij dan. Of: het zijn geen mensen maar lijken, dit is mensonwaardig, jongens, wat moeten we doen?

Wie weet wat hij allemaal heeft gezien. Misschien werkte hij in de fabrieken samen met mensen uit concentratiekampen? Het is vijftien jaar geleden, maar ik herinner me dat ik hem soms al hoorde jammeren als ik de voordeur binnenstapte. Het was hartverscheurend, er kwam zoveel verdriet naar boven. En ook schuldgevoel, denk ik. Hij had kennelijk willen ingrijpen, maar wat had hij kunnen doen als jochie van achttien?

Het lukte me niet meer om met hem in gesprek te komen. Op de vragen die ik stelde kwam geen coherent antwoord, hij riep steeds hetzelfde, hoe erg het was en hoeveel pijn het hem deed. Als ik het verleden samen met hem op een rijtje had kunnen zetten, had ik hem mogelijk tot rust kunnen laten komen. Maar ik kon hem niet meer bereiken. Hij zat als het ware de hele dag in de oorlog. Ik zag het en ik kon niets doen. Ik voelde me zo onmachtig.

Zijn vrouw vertelde me dat hij er tegen haar nooit iets over had gezegd. Ze waren zelfs op vakantie geweest naar Duitsland. Al die jaren had hij het verleden weggestopt, verborgen onder een lading lolbroekerij. Dat was zijn overlevingsstrategie. Maar nu had hij geen keuze meer, de herinneringen kwamen en hij kon ze niet meer tegenhouden.

Had ik eerder maar een kleine aanwijzing gehad dat hij ergens mee zat, dan had ik vragen gesteld. Ik vermoed dat hij er heel lang niet aan toe was om zijn oorlogservaringen te bespreken. Nu besef ik dat patiënten niet altijd hun ware gezicht tonen, dat hun gedrag sterke emoties kan verhullen. Onder een laag van vrolijkheid kan veel pijn schuilgaan, maar ook vervelend gedrag kan een teken zijn van angst of verdriet. Ik ben daar sindsdien meer op bedacht, stel mezelf vaker de vraag: waarom doet de ander zo?

Hij is uiteindelijk na een paar maanden overleden en ik was blij voor hem. Hij moet een angstige laatste levensfase hebben gehad. Al die beelden, zo lang geleden maar toch zo aanwezig. Als ik me dat probeer voor te stellen, word ik nog altijd verdrietig.'

Schemer

Internist Peter de Leeuw (69)

'Het was een decembernacht in 1977, ik had weekenddienst. Het moet mijn gebrek aan ervaring zijn geweest, en de extreme vermoeidheid. Ik was arts-assistent, derdejaars, ik had veel patiënten onder mijn hoede, ook van andere afdelingen. Het was toen nog gebruikelijk dat je drie dagen en nachten achter elkaar dienst draait en ik had er al zeker een etmaal op zitten.

Ze was een jaar of zestig, ze lag al even in het ziekenhuis met onduidelijke klachten. Het zuurgehalte van haar bloed was verhoogd, maar ik kon niet achterhalen hoe dat kwam. Ik liet een röntgenfoto maken van haar buik en ik herinner me nog dat de verpleegkundige die liet zien. Het was 's avonds laat, in een kamertje met schemerverlichting, ik was moe en vlak daarvoor had ik een vervelend privételefoontje gehad. Dus ik was er niet helemaal met mijn hoofd bij. Ik heb naar die foto gekeken en ik zag niets bijzonders.

Diezelfde nacht nog is ze overleden. Ik werd erbij geroepen, en ik begreep er aanvankelijk niets van. De foto liet toch geen afwijkingen zien? Er werd een obductie gedaan, en toen bleek dat ze was gestorven aan een maagperforatie. Ik had de chirurg moeten waarschuwen, ze had die avond onmiddellijk geopereerd moeten worden.

We hebben de foto erbij gepakt. Bij een gat in de maag zit er lucht in de buikholte en dat moet te zien zijn. En dat was ook te zien, heel subtiel, maar toch. Ik had een onherstelbare fout gemaakt. Met de kennis en de ervaring van nu weet ik bovendien dat je bij verzuring van het bloed altijd bedacht moet zijn op darmproblemen. Ik had natuurlijk de internist moeten raadplegen, maar in die tijd dacht je als assistent wel twee keer na voordat je zo'n man uit zijn bed belde. Je moest als jonge dokter alles min of meer zelf uitvinden.

We hebben het er nooit meer over gehad. Een arts mag geen fouten maken, dat was toen de ongeschreven regel, en zo bleven de gebeurtenissen van die nacht verder onbesproken. Ik moest het zelf verwerken. Met collega's durfde ik het er niet over te hebben, ik schaamde me voor wat er was gebeurd.

Lange tijd ben ik bang geweest om opnieuw een fout te maken. Ik durfde de periode erna nauwelijks nog patiënten te behandelen. Toen ik stage ging lopen op de polikliniek bekeek ik elke foto wel twee keer. Het heeft lang geduurd voordat ik weer wat zelfverzekerder werd. Ik ben voorzichtiger geworden in mijn vak. Mijn privéleven heb ik lange tijd ondergeschikt gemaakt aan mijn werk. Toen ik eenmaal internist was en thuis achterwacht had, ging ik na een telefoontje toch vaak terug naar het ziekenhuis, voor de zekerheid. Wat er thuis ook speelde, het was minder belangrijk. Ik denk dat ik onbewust vaak heb teruggedacht aan dat privételefoontje van toen, dat me uit mijn evenwicht had gebracht en mogelijk had bijgedragen aan die fatale misser.

Nu weet ik dat alle dokters fouten maken. Mijn ervaringen hebben me milder gemaakt toen ik later zelf artsen ging opleiden. Ik oordeel niet zo snel. Een fout is zo gemaakt, je kunt een jonge arts in de vernieling helpen als je daar te agressief op reageert.

Het is nu veertig jaar geleden, de tijd heeft zijn werk gedaan, maar ik denk nog regelmatig aan haar terug. Die nacht is een spookbeeld dat me altijd is blijven achtervolgen. Er zijn veel patiënten die ik nooit zal vergeten, maar deze vrouw is de meest prominente. Het was mijn schuld dat het fout is afgelopen, dat gevoel heeft de rest van mijn leven getekend.'

Stembanden

Verpleegkundige Idie Pijnenburg (62)

'Hij woonde sinds een paar jaar op de afdeling waar ik werkte, een zestigjarige in zichzelf gekeerde man die niet was opgewassen tegen spanningen en zich niet kon uiten. De stress die daardoor ontstond mondde regelmatig uit in agressieve uitbarstingen en zelfs in psychotische periodes. Zijn vrouw was bang voor hem en wilde hem niet meer thuis hebben. Bij ons ging het prima met hem. Hij had zijn eigen kamer, hij werkte in de tuin. In het weekend kwam zijn vrouw regelmatig langs of hij ging naar huis. Hij wist zelf heel goed wat zijn grootste probleem was en dat verwoordde hij op zijn eigen wijze. Ik kan niet praten, zei hij, en dan schudde hij mismoedig zijn hoofd.

En toen kreeg hij pijn in zijn keel. Hij bleek een tumor op zijn stembanden te hebben. Dat nu juist hij zo'n ziekte moest krijgen, een man die van zichzelf zei dat hij niet kon praten, wat een symboliek. Hij moest worden geopereerd, maar daarbij zou hij voorgoed zijn stem verliezen. Met de tumor zouden ook zijn stembanden worden weggehaald. Een alternatief was er niet. Zonder behandeling zou hij langzaam stikken. We probeerden de situatie met hem te bespreken, maar hij werd er wanhopig van en schoot van de stress in een psychose. Zijn vrouw, minder begaafd, wist niet wat te doen. Ze vroeg ons een beslissing te nemen. Ons team overlegde met de artsen, samen bekeken we wat de beste behandeling was.

De operatie vond plaats in een ziekenhuis ver weg waar hij niemand kende en waar zijn familie niet vaak kon langskomen. Wat moet hij zich verloren hebben gevoeld. De ingreep slaagde, hij keerde bij ons terug zonder stem. We waren voorbereid op een trauma waar hij psychisch nooit overheen zou komen. Maar tot onze verbazing kwam hij langzaam terug in de wereld. Hij gebaarde, en begon zelfs dingen op te schrijven om duidelijk te maken wat hij dacht. Dat had ik hem voorheen nooit zien doen. Hij kon opnieuw leren praten via een apparaatje dat hij tegen zijn strottenhoofd moest zetten. Het was niet eenvoudig om hem te leren daarmee om te gaan, maar hij wilde zo graag dat hij soms over zijn woorden struikelde. In de loop van dat jaar werd hij een andere man, vrolijk en geïnteresseerd.

Veel van de oude spanning was verdwenen. We hadden een vermoeden hoe dat kwam. Nu hij niet meer hoefde te praten omdat niemand dat van hem verwachtte, voelde hij zich niet meer tekortschieten. Voor het eerst in zijn leven kon hij ontspannen zijn in een gesprek. Alles wat hij kon vertellen was meegenomen, hij kreeg er zelfs complimenten over.

Zo bracht de operatie die zijn leven redde hem ook geestelijke bevrijding en dat hadden we nooit voorzien. Zijn onverwachte herstel heeft me een belangrijke les geleerd die ik al vijfendertig jaar bij me draag, een les die zowel in mijn werk als in mijn privéleven van invloed is geweest. Kijk met open vizier, hou het voor mogelijk dat zaken anders liggen. Je denkt zo vaak dingen zeker te weten, maar je overtuigingen, waar ze ook over gaan, hoeven niet altijd te kloppen. Als psychiatrisch verpleegkundige meende ik destijds voldoende ervaring en mensenkennis te bezitten om patiënten te doorgronden. Ik dacht vaak, met de beste bedoelingen, voor hen. Maar na deze ene patiënt ben ik nooit meer honderd procent zeker geweest van een ingeslagen weg.

Toen ik wegging van de afdeling heb ik contact met hem gehouden. Ik zocht hem af en toe op en toen hij overleed ben ik naar zijn begrafenis geweest. Al die jaren oogde hij beduidend gelukkiger dan voor zijn operatie. Hij is nooit meer psychotisch geweest.'

Meisjes van veertien

Seksuoloog Jelto Drenth (71)

'Ze was nog geen veertien jaar en ze wilde aan de pil. Ik herinner me nog wat ik dacht toen ze tegenover me zat: o jee, wat jong. Ze maakte een vastberaden indruk. Een jaar eerder had ze de receptie al gebeld, maar toen had ze te horen gekregen dat ze de pil pas mocht gebruiken als ze een jaar ongesteld was geweest. In de tussentijd had ze met haar vriend condooms gebruikt, maar de pil leek haar toch echt prettiger. Ze moest dus al op haar twaalfde met seks zijn begonnen.

Ik werkte in het Rutgershuis in Groningen, waar we jongeren anoniem de pil verstrekten, buiten hun ouders en de huisarts om. Wij vonden dat verantwoord, om zo tienerzwangerschappen te voorkomen, maar niet iedereen was het daarmee eens. Sommige huisartsen hadden grote morele bezwaren, het ging immers om minderjarigen. En als ouders er later achter kwamen leverde dat soms woedende reacties op. We hadden ons grondig georiënteerd op de grenzen van de wet, maar voorzichtig waren we wel. Bij heel jonge meisjes waren we alert op louche situaties. Soms vermoedden we dat achter een verzoek om de pil druk van een vader of een broer schuilging, dat sprake was van seksueel misbruik.

Zo ging ik dus, enigszins op mijn hoede, voorzichtig met dit meisje in gesprek. Ze had vaste verkering en haar vriend was maar een jaar ouder. Dat klonk geruststellend. Klachten over haar seksleven had ze niet. En toen vroeg ik naar haar ouders, de meest delicate vraag in dat soort gesprekken: wisten zij van haar relatie? Waren ze het ermee eens dat ze aan de pil ging? Haar antwoord bracht me van mijn stuk. Nee, haar ouders wisten van niks, maar die wisten sowieso niets van haar. Ze waren verslaafd aan alcohol en zij was al op jonge leeftijd uit huis geplaatst omdat ze werd verwaarloosd. Ze was opgegroeid in tehuizen, had in twee pleeggezinnen gewoond waar ze zich slecht op haar plek had gevoeld en nu zat ze sinds kort in een begeleidwonenproject. Daar was alles op zijn plek gevallen. Ze voelde zich zelfstandig, ging weer naar school.

Ik heb in mijn carrière veel met meisjes te maken gehad die diep in de problemen zaten. Slachtoffers van incest, kinderen van wie de ouders totaal niet in staat waren om op te voeden, kinderen die door dominante vriendjes in de vernieling waren geraakt. Meisjes die zoveel steun nodig hadden dat ze soms nauwelijks meer loskwamen uit het hulpverleningscircuit. Maar dit meisje, dat genoeg had meegemaakt om zwaar beschadigd te raken, leek zo sterk in het leven te staan dat het me trof. In een kwartier tijd vertelde ze mij haar levensverhaal, zonder daar verder dramatisch over te doen. Het kan kennelijk nog zo beroerd lopen in een leven, hoe we daarmee omgaan valt niet te voorspellen.

Ook heb ik dankzij haar nu veel meer vakkennis. Ik was nog geen dertig en ik beschouwde meisjes nog een beetje als reine, heilige wezens. Tijdens de pilspreekuren zag ik meestal meiden van zestien of zeventien jaar. Soms namen ze een vriendin mee, en dan werd er veel gegiebeld, wat me soms verlegen maakte. Wat dit meisje me vertelde, paste totaal niet bij de ideeën die ik had.

Ik heb haar voor een halfjaar pillen meegegeven uit onze voorraad proefmonsters, zodat ze niet meteen naar de apotheek hoefde. Na dat ene gesprek heb ik haar nooit meer gezien, maar ze is me altijd bijgebleven. Ze heeft mijn kijk op de wereld veranderd en mijn beeld over meisjes realistischer gemaakt. Daar ben ik haar na ruim veertig jaar nog dankbaar voor.'

Kleinkind

Intensivecare-arts in opleiding

Alex Gosselt (34)

'Hij lag al anderhalve maand op de intensive care en dat had zijn tol geëist. Het steunhart dat eerder bij hem was geïmplanteerd was geïnfecteerd, hij was een paar keer geopereerd, kreeg zware antibiotica, maar ondanks al onze inspanningen was zijn situatie gaandeweg verslechterd. Zijn nieren hadden het begeven, zijn ademhalingsspieren waren door de langdurige beademing verzwakt en op de laatste foto zagen we dat de abcessen in zijn borstkas alleen maar groter waren geworden. Aan het begin van mijn avonddienst bespraken we met het team van specialisten wat we nog voor hem konden doen. Een nieuwe ingreep zou hij niet overleven, daar waren we het over eens. We moesten concluderen dat we hem niets meer te bieden hadden.

We spraken met hem en met zijn familie. Hij was bij kennis maar wel wat in de war, dus we wisten niet helemaal zeker of onze boodschap overkwam. Hij gaf aan dat hij graag naar huis wilde, daar wilden we ons voor inzetten. Toen ik die avond langs zijn kamer liep, sprak een van de verpleegkundigen me aan. Ze informeerde of we met het echoapparaat van de intensive care een zwangerschapsecho konden maken. Ik reageerde afhoudend. De avonddiensten zijn vaak druk en onvoorspelbaar, dus ik had er vast geen tijd voor, en bovendien was ons apparaat daar niet geschikt voor. Welke verpleegkundige is er zwanger dan? vroeg ik. Haar antwoord verraste me. Het ging niet om een collega maar om de dochter van de ernstig zieke man. Ze was zeventien weken in verwachting en zou het zo fijn vinden als haar vader zijn kleinkind nog kon zien. Mijn weerstand verdween, misschien moesten we toch kijken wat er mogelijk was.

Ik herinnerde me dat de afdeling interne geneeskunde over een bruikbaar echoapparaat beschikte. Ik belde op en mocht het lenen. Er was alleen wel een probleem: ik had nog nooit een echo gemaakt van een zwangere vrouw. Ik vertelde de verpleegkundige dat ze de verwachtingen van de familie alvast maar een beetje moest temperen. Op YouTube vond ik een paar instructiefilmpjes.

Een beetje nerveus stapte ik daarna de overvolle kamer binnen. De stemming was bedrukt. Ik vertelde dat ik mijn best wilde doen, maar dat het mijn eerste keer was. Ik wist echt niet of het me zou lukken om beelden op het scherm te krijgen. Het bed van de man werd tegen de muur geschoven, er kwam een tweede bed bij voor de dochter, ik zat ertussenin, met licht trillende handen. We hadden de monitor zo gedraaid dat hij goed kon meekijken. Toen ik de echokop op de buik van de dochter zette, zag ik tot mijn verbazing onmiddellijk de foetus, eerst een zwaaiend armpje, daarna het hartje.

De sfeer in de kamer kantelde, de familie was zo enthousiast. Ik probeerde rustig te blijven, maar ik genoot natuurlijk mee. De man bleef aanvankelijk stil, maar toen kwam hij met een prachtige reactie. Nieuw leven komt, zei hij, waar oud leven gaat. Kennelijk overzag hij toch wat hem te wachten stond en had hij begrepen dat hij niet lang meer had. Een paar dagen later ging hij naar huis, waar hij overleed.

Wat bijzonder dat we deze man en zijn familie na dat verdrietige bericht nog zo blij hebben kunnen maken. Met iets wat zo weinig moeite kostte. In de laatste dagen van een leven kan een klein gebaar van grote waarde zijn. Ik realiseer me nu des te meer hoe in ons vak, waar we voortdurend balanceren op de scheidslijn tussen leven en dood, juist dát een van de mooiste ervaringen kan zijn.'

Tekening

Psycholoog Huub Buijssen (64)

'Hij had dingen gezien die hij niet meer van zijn netvlies kreeg. Mensen die vastzaten in brandende auto's, de paniek en het geschreeuw van tientallen zwaargewonden. Met zijn collega-motoragent was hij naar een ongeluk gestuurd op de A16, vlak bij Breda. In de dichte mist waren daar tientallen auto's op elkaar ingereden.

Twee dagen later kreeg ik een telefoontje. Het ging niet goed met de motoragent, zou ik als korpspsycholoog misschien hulp kunnen bieden? Toen ik de agent sprak was hij nog steeds overstuur. Hij was altijd stabiel geweest maar nu was hij bang dat hij nooit meer de oude zou worden, nooit meer zijn uniform zou dragen. Waarom hadden alleen hij en zijn collega het zo moeilijk, terwijl praktisch het hele korps bij het verkeersdrama aanwezig was geweest? Ze hadden toch alle zestig dezelfde beelden gezien?

Ik liet hem zijn verhaal doen. Het was mijn eerste opvanggesprek, onderweg had ik bedacht hoe ik hem de verwerking van een psychotrauma kon uitleggen. Ik kwam uit op een schets van vijf parallelle horizontale lijnen. De bovenste lijn, vertelde ik hem, verbeeldt het opperste geluk, de onderste lijn de hevigste psychische pijn, en de middellijn de normale gemoedstoestand. Ik begon te tekenen, een tijdlijn in de vorm van een harmonica. Na een traumatische ervaring schiet je opeens helemaal naar de onderste lijn, legde ik uit. Je twijfelt aan alles, de toekomst is zwart. Al snel volgen er korte momenten van afleiding waardoor je even naar boven klautert. Totdat je weer terugdenkt aan wat je hebt meegemaakt, en weer afdaalt. Maar wel iets minder diep dan daarvoor. Daarna klim je weer naar boven, iets hoger dan voordien. Verwerking heeft een golfpatroon, zei ik hem, dat langzaam maar zeker naar de normale gemoedslijn beweegt.

Een maand later vroeg ik hem hoe het ging. Hij vertelde dat hij zich weer goed voelde en alweer drie weken aan het werk was. Ik was benieuwd wat hem het meeste steun had gegeven. Ik dacht altijd dat het delen van het verhaal, het woorden geven aan de tranen, het meest effectieve onderdeel was van een opvanggesprek. Maar nee, tot mijn verbazing was het mijn tekening geweest die hem er weer bovenop had geholpen. Daardoor had hij begrepen wat er met hem gebeurde en dat had rust en perspectief gebracht. Ik had het abnormale normaal gemaakt en hem van een patiënt in een mens veranderd, een mens met een normale reactie op een heftige gebeurtenis.

Dat verkeersdrama is nu ruim zevenentwintig jaar geleden, maar de agent van toen heeft me een belangrijke les geleerd: na een trauma is het essentieel om aanschouwelijk te maken hoe de verwerking verloopt. Toen ik later artsen en verpleegkundigen ging opleiden om collega's op te vangen, kreeg ik steeds te horen hoeveel houvast zo'n duidelijke uitleg biedt.

De agent was ook gerustgesteld, vertelde hij me, toen hij besefte dat zijn reactie niet extreem was. Hij was met zijn collega naar het ongeval gestuurd in de veronderstelling dat het een kleine aanrijding betrof en was totaal onvoorbereid op wat hij daar aantrof. Ik benadrukte dat hij zijn collega's had weten te behoeden voor een emotionele schok: dankzij de nauwkeurige informatie die hij via de portofoon aan de meldkamer had doorgegeven hadden alle andere agenten zich op weg naar de ramp geestelijk kunnen voorbereiden. Die boodschap gaf hem moed: zijn pijn was toch ergens goed voor geweest. Daarna heb ik bij opvanggesprekken altijd geprobeerd om het gedrag van getroffenen tijdens de traumatische gebeurtenis positief te benoemen. Deze agent heeft me laten zien hoe belangrijk dat kan zijn. Dat daardoor het zinloze opeens weer zin kan krijgen.'

Een vrolijk kind

Vertrouwensarts Nens Coebergh (63)

'Zes jaar oud was ze en ze moest heel vaak naar de dokter. De school van het meisje had contact met ons opgenomen. Volgens haar moeder was ze ziek. De verhalen werden steeds dramatischer. Het begon met maag-darmklachten, daarna kwamen er aanvallen van kortademigheid bij en wegtrekkingen. De moeder gaf medicijnen mee naar school die de leerkracht moest toedienen als het meisje een aanval kreeg. Het vreemde was alleen dat het kind op school nergens last van had. Ze was vrolijk, ze speelde met andere kinderen. Wij zien helemaal geen ziek kind, zei de schooldirecteur tegen me.

De huisarts was begaan met de moeder en steunde haar volop. Het meisje werd doorverwezen naar een academisch ziekenhuis waar ze haar uitvoerig onderzochten. Ik probeerde de artsen ook de andere kant van het verhaal mee te geven, vertelde dat er op school niets aan haar te merken was. Ik vroeg ze om hun oordeel op feiten te baseren. Als je aan ouders vraagt hoe het met hun kind gaat, vertrouw je erop dat ze een eerlijk antwoord geven. Hier zou dat mogelijk anders kunnen liggen. Maar ik vond geen gehoor. Ik herinner me nog hoe eenzaam ik me voelde. Hoe kon ik duidelijk maken dat er misschien meer aan de hand was? Het meisje ging van specialist naar specialist, ze moest onderzoeken ondergaan die voor zo'n jong kind vast akelig moesten zijn. De artsen konden niets vinden. Contact met de moeder had ik niet. Het is al lang geleden, onze werkwijze was toen anders. We spraken niet met de ouders, alleen met professionals.

Vlak voor de zomervakantie belde de school om te vertellen dat het meisje aan haar hart zou worden geopereerd. Ik schrok, maar hoorde tot mijn opluchting van het ziekenhuis dat de artsen haar eerst ter observatie wilden opnemen om te kijken wat er aan de hand was. Na de vakantie bleek dat de moeder de opname had afgezegd. Het ging opeens beter, het meisje hoefde ook minder vaak naar de dokter. Op school had ze gezegd dat haar dochter er wellicht overheen zou groeien. Dat stelde me wat gerust, maar toch kreeg ik de zorgen niet helemaal uit mijn hoofd.

En toen belde de school opnieuw, met het verschrikkelijke bericht dat het meisje was overleden. Op een middag had ze in paniek haar opa gebeld omdat haar moeder zo tekeerging. Opa was onmiddellijk gekomen, maar hij was te laat. Ze lag dood onderaan de trap. Ik hoorde toen pas dat alle honden van de moeder een paar weken daarvoor dood in de kennel waren aangetroffen. De hele buurt had meegeleefd. Welke idioot deed nou zoiets? Had ik dat maar eerder geweten, dan had ik vast meteen argwaan gekregen. We weten immers dat er een verband bestaat tussen dierenmishandeling en kindermishandeling. Tijdens de rechtszaak werd duidelijk dat de moeder leed aan het münchhausen-by-proxysyndroom, ze had haar kind bewust ziek gemaakt om aandacht te krijgen. Ze had haar dochter vermoord en ook de honden vergiftigd.

Dit meisje vergeet ik nooit meer, de gebeurtenissen van toen hebben me gevormd als vertrouwensarts. Had ik meer kunnen doen? Zou ik haar daarmee hebben gered? Zou onze huidige werkwijze het drama voorkomen hebben? Ik weet het niet. Ik heb voortdurend mijn wantrouwen uitgesproken, maar ik stond nagenoeg alleen met mijn achterdocht. Blijf alert, wees secuur, check alles wat wordt gezegd, alles wat van belang kan zijn, dat is de trieste les die ik heb geleerd. De moeder heeft iedereen op het verkeerde been gezet en dat heeft haar dochter én de dieren het leven gekost. Dat emotioneert me nog altijd.'

Toekomst

Plastisch chirurg Paul van Zuijlen (48)

'Een uur voor middernacht brak in een nachtclub in Boekarest een verwoestende brand uit. Het was een vrijdagavond in oktober, er trad een rockband op die op het podium vuurwerk afstak. Het plafond vatte vlam, rook vulde de ruimte en de honderden bezoekers struikelden in paniek over elkaar heen op weg naar de smalle uitgang. De ziekenhuizen konden de stroom ernstig gewonden niet aan en vroegen het buitenland om hulp. Een week na de brand kregen de drie Nederlandse brandwondencentra van het ministerie van Buitenlandse Zaken het verzoek om een aantal slachtoffers op te nemen. Zo kwam ze bij ons in Beverwijk terecht, een mooie jonge vrouw uit de Roemeense jetset.

Ze kwam binnen in een shock, ze was er vreselijk aan toe. Over haar hele lichaam had ze derdegraadsbrandwonden, ook haar gezicht was ernstig beschadigd. We waren eerst vooral bezig met de bacteriën die ze meebracht. Die waren zó agressief, dat kenden we niet. Ze moest onmiddellijk in quarantaine. Antibiotica haalden niets uit, kunsthuid konden we niet gebruiken omdat de bacteriën zich daarin zouden nestelen. Er zat niets anders op dan alle verbrande plekken steeds opnieuw schoon te maken, om daarna stukje voor stukje echte huid te transplanteren. Zo slaagden we er langzaam in om de schadelijke bacteriën aan te pakken.

We hielden haar aanvankelijk in slaap. Ik leerde haar pas na een paar weken kennen, toen we aan het winnen waren en haar langzaam lieten bijkomen. Ik zag hoe fel ze uit haar ogen keek. Steeds opnieuw stelde ze me dezelfde vraag: hoe ga ik eruitzien? Natuurlijk had ze meteen haar ingezwachtelde handen gezien. Ik had al haar vingers moeten amputeren. Maar haar gezicht, hoe was het daarmee? Ze had haast, ze wilde een spiegel. Ik legde haar uit dat ze geduld moest hebben, dat littekens heel langzaam herstellen. Ik herinner me de gesprekken aan haar bed. Ik wil weer beter worden, zei ze, ik wil weer mooi worden.

Ik was bevreesd voor haar reactie. Hoe zou zo'n aantrekkelijke vrouw, gewend aan het mondaine leven, een leven met beschadigingen oppakken? Ik had verwacht dat dit noodlot haar naar beneden zou trekken. Maar ik zag iets heel anders gebeuren. Er kwam een ongelooflijke wilskracht naar boven, ze keek in de spiegel en durfde zich te laten zien. Ze pakte haar oude leven weer op, begon foto's van zichzelf te posten op Instagram, foto's in prachtige kleding, met blote armen, een blote buik. Het was indrukwekkend om te zien hoe ze haar situatie accepteerde.

Dat is wat mijn vak zo waardevol maakt: te ervaren hoeveel veerkracht mensen na zo'n vreselijk ongeluk kunnen hebben, en hoe bepalend die kracht is voor de rest van hun leven. Wie beweegt, letterlijk en figuurlijk, heeft een cruciale voorsprong. Brandwonden genezen beter en mooier als patiënten in beweging komen, maar daarbovenop geldt: wie de moed heeft om dat letsel te aanvaarden herstelt zoveel beter. Dat is wat deze jonge vrouw me heeft laten zien.

Haar verhaal zit altijd in mijn achterhoofd. Ik hou nu beter in de gaten hoe patiënten in het leven staan, heb meer oog voor hun mentale weerbaarheid. Mijn vak behelst meer dan alleen opereren, soms is de psychologische kant net zo belangrijk. Nog meer dan vroeger probeer ik patiënten te stimuleren om hun blik op de toekomst te richten.

Ruim twee jaar na de brand zie ik op de foto's een sterke vrouw, met een gezicht dat straalt. Wie kijkt er nog naar haar littekens, naar haar verminkte handen? Het zijn haar ogen die alle aandacht trekken.'

Kerst

Spoedeisendehulparts
Soufian el Bouazati (37)

'Het was Kerstmis, mijn dienst was net begonnen toen de verpleegkundige me kwam waarschuwen: er was een baby binnengebracht en het ging niet zo goed. De moeder was drie dagen eerder op de huisartsenpost geweest omdat haar kind benauwd was en niet wilde drinken. Nu zat ze op onze spoedeisende hulp. Toen ik binnenkwam was de kinderarts al bezig.

Een halfuur later werden de zorgen van de verpleegkundige waarheid: op de monitor zagen we de hartslag van de baby snel dalen. Ik begon direct met hartmassage, ik omvatte de borstkas en duwde met mijn duimen op het borstbeen. Op de foto die we hadden laten maken was een vergroot hart zichtbaar, de baby leed aan hartfalen. Met medicijnen probeerden we het hart weer op gang te krijgen.

De kinderarts had al overlegd met het nabijgelegen academische ziekenhuis en hield telefonisch contact met de kinderintensivist, die in de ambulance met spoed onderweg was naar ons ziekenhuis. Mijn handen begonnen te verzuren, maar er was geen tijd om daar aandacht aan te geven.

We stonden er met een heel team omheen, iedereen voelde de spanning rond het bed.

Na een halfuur arriveerde de intensivist. We probeerden andere medicijnen om het hartje weer op gang te brengen. Mijn handen verkrampten en ondertussen voelde ik de kleine borstkas in mijn handen steeds stugger worden. En al die tijd was het gezicht van de baby vlakbij. Toen ik niet verder kon, nam een collega de reanimatie over. De kinderarts sprak ondertussen met de moeder.

Vlak daarna keek de intensivist ons aan en vatte samen wat we allemaal hadden gedaan. Hij kwam tot de conclusie dat we niets meer konden doen en vroeg ons of we het ermee eens waren dat we de reanimatie zouden staken. We hadden alles geprobeerd, maar het was tevergeefs geweest. De baby was onder onze handen gestorven.

Toen reageerde de moeder, die al die tijd achter in de kamer had gezeten en alles had gezien. Ze duwde iedereen opzij en pakte haar kind stevig vast. Op dat moment brak ik. Ik had zelf een baby die net zo oud was, ze leken op elkaar. Ik realiseerde me dat het mijn kind had kunnen zijn dat daar lag. Ik sloot mezelf op in de koffiekamer en liet mijn emoties gaan. Emoties die ik geen plaats kon geven, want als arts mag je toch niet huilen?

Iedereen was verslagen. Veel tijd hadden we niet, andere patiënten hadden onze zorg nodig. Aan het eind van mijn avonddienst moesten we opnieuw een patiënt reanimeren, een oudere dame van tweeëntachtig jaar. Ze was benauwd en op de monitor zagen we haar hartslag plots stoppen. Ook haar konden we niet redden. Maar ik voelde geen emotie meer. Het contrast tussen mijn gevoelens was groot die avond.

Die nacht heb ik nauwelijks geslapen. Ik bleef me afvragen of we meer hadden kunnen doen, of we het anders hadden moeten aanpakken. 's Morgens vroeg schrok ik wakker met het gezicht van het kindje voor ogen en alles wat er was gebeurd speelde zich opnieuw in mijn hoofd af.

Ons vak is emotioneel zwaar, we maken veel tragische gebeurtenissen mee. Die kunnen we niet allemaal met ons meedragen. Om helder en rationeel te kunnen blijven nadenken sluiten we ons af. Dat kan heel lang goed gaan totdat een gebeurtenis te dichtbij komt. Dat is het moment dat je bezwijkt, dat heb ik die avond ervaren.

Een jaar later had ik met Kerstmis weer dienst. Er werd een zeventigjarige man binnengebracht die we met succes konden reanimeren. Maar mijn gedachten dwaalden af naar dat kindje van toen. Sindsdien is geen kerst meer hetzelfde.'

Kwetsbaar

Straatarts Marcel Slockers (61)

'Hij werd hier op een ochtend binnengebracht, verwaarloosd, vreselijk in de war en onder de builen door een valpartij. Nachtenlang had hij op een bankje buiten gezeten, zonder besef van tijd. Zijn broek was nat, hij bleek incontinent. Ooit had hij een baan gehad, een huis en een vrouw, maar ergens was het misgegaan. Veertig jaar geleden was hij naar Rotterdam gekomen als gastarbeider, hij had in een fabriek gewerkt, belasting betaald en toen, ver na zijn pensioen, was hij zijn huis kwijtgeraakt. Waarom, dat konden we niet achterhalen, hij sprak alleen nog maar zijn moedertaal. Een tijdlang had hij ingewoond bij de weduwe van een oud-collega, maar toen die vrouw begon te dementeren en naar een verpleeghuis ging moest hij weg. Zo kwam hij als hoogbejaarde op straat terecht.

We gaven hem een plek op de verpleegafdeling van onze daklozenopvang. Hij bleek suikerziekte te hebben, en door jarenlang slecht eten had hij een vitaminegebrek opgelopen. Bij ons werd hij rustiger, hij at en dronk weer. Ik zie hier veel ellende, ik behandel verslaafde, psychotische en verwarde mensen, maar het lot van deze man ging me aan het hart. Hij stond symbool voor een nieuwe groep daklozen die ik na zijn komst tot mijn grote verdriet alleen maar heb zien toenemen, oude mensen die op hoge leeftijd ineens met het harde straatleven worden geconfronteerd. Daklozen zijn kwetsbaar, maar als ze dan ook nog oud zijn, en zo gaan ronddwalen als deze man, is die kwetsbaarheid zoveel schrijnender.

Omdat deze man bij de weduwe op de bank sliep en niet bij haar stond ingeschreven was hij onverzekerd. Gevolg van beleid dat drie jaar daarvoor was ingevoerd: wie geen vast woonadres had kon geen zorgverzekering afsluiten. Dat moest het makkelijker maken voor de zorgverzekeraars om de premie te innen. Het leverde in opvanginstellingen grote problemen op. Een ziekenhuis geeft geen zorg, een psychiater geen behandeling en een apotheek geen medicijnen als ze daar geen geld voor krijgen. We hebben met veel mensen jarenlang gelobbyd en voor elkaar gekregen dat noodzakelijke zorg aan onverzekerden toch vergoed zou worden.

Deze oude dakloze kwam binnen op de dag dat die regeling inging, hij was de eerste voor wie ik na al die jaren zonder problemen medische zorg kon regelen, en dat voelde zo goed. Al ons gemopper over de falende zorg had zin gehad en het belang daarvan zag ik terug bij deze man. We hebben hem naar het ziekenhuis gebracht, waar hij is onderzocht door de geriater. Die stelde vast dat hij aan dementie leed. Een MRI-scan wees bovendien uit dat hij in de maanden ervoor een beroerte moest hebben gehad. Hij was nog kwetsbaarder dan ik vermoedde, tegen het leven op straat was hij echt niet opgewassen. Hij zou in een winternacht een keer zijn doodgevroren.

Ik ken inmiddels de geschiedenis van heel veel daklozen, maar de gebeurtenissen rond deze oude man hebben me aan het denken gezet. Je leven lang een normaal bestaan leiden en dan op je oude dag opeens geen huis meer hebben, je kunt het je niet voorstellen maar het kan iedereen overkomen. Denk erom, houd ik mezelf nu voor: het leven is broos, er zijn zoveel omstandigheden die maken dat je over de rand kunt vallen.

Maar wat mooi dat het verhaal van een dakloze soms goed afloopt. We hebben hem weten te plaatsen op de gesloten afdeling van een verpleeghuis. Ik gun hem een mooie laatste levensfase.'

Plastic zak

Gynaecoloog Dick Bisschop (69)

'Vroeg in de ochtend werd ik gebeld door de verpleegkundige van de spoedeisende hulp. Er was een vijftienjarig meisje binnengekomen, ze had die nacht erge buikpijn gekregen en pijn bij het plassen, de huisarts dacht aan een blaasontsteking. Toen de klachten aanhielden had haar stiefvader haar naar het ziekenhuis gebracht. De verpleegkundige, wijs en ervaren, vertrouwde het niet. Ze zei: Dick, ik denk niet dat het een blaasontsteking is.

Ik maakte een echo van haar buik en zag onmiddellijk wat er aan de hand was. Het meisje had een sterk vergrote baarmoeder, ze moest kort daarvoor zijn bevallen. Waar is het kind? vroeg ik. Ze leek me niet te begrijpen. Ik herinner me dat ik nogal bits reageerde. Ga naar huis om de baby te zoeken, zei ik tegen de stiefvader.

Op dat moment kwam de moeder van het meisje binnen, met een plastic zak in haar hand. Buiten, onder de vensterbank, had ze een dode baby gevonden, de navelstreng zat er nog aan. Haar dochter had die nacht in haar eentje een kind gebaard en was vermoedelijk in paniek geraakt. Of ze heeft geweten dat ze zwanger was kon ik niet achterhalen. Ze reageerde nauwelijks. Uit de obductie bleek dat de baby levend ter wereld was gekomen. Het kindje had de vrieskou van de winternacht niet overleefd. Iedereen op de afdeling was van slag. Ik mocht geen verklaring van natuurlijk overlijden tekenen. De officier van justitie werd ingelicht, er kwam een onderzoek.

We hebben het meisje een paar dagen opgenomen, de verpleegkundigen hebben geprobeerd om haar aan de praat te krijgen. Ik wilde graag weten hoe traumatisch die nacht voor haar was geweest. We kwamen er niet achter. Ik heb haar nog een keer gezien op mijn spreekuur. Daar hoorde ik hoe de moeder haar dochter verwijten maakte. Het gezin kwam uit Zuid-Amerika en telde veel kinderen, er had er best nog een bij gekund. Waarom had ze de baby dood laten gaan?

De verpleegkundigen vertelden me later dat ze het meisje daarna een tijdlang regelmatig in het ziekenhuis hadden gezien. Tijdens de bezoekuren liep ze rond in de gangen bij de babykamers. We wisten niet goed wat we ermee aan moesten. Ze moet erg van slag zijn geweest.

Door het drama rond dit meisje ben ik heel anders gaan denken over abortus. Het was eind jaren tachtig, de abortuswet was net aangenomen, maar ik was fel tegen het beëindigen van een zwangerschap. Ik ben opgegroeid in een katholiek Brabants gezin met elf kinderen, waar groot respect bestond voor het ongeboren leven. Maar door het verhaal van dit meisje werd ik geconfronteerd met een wereld die ik in mijn opleiding niet had meegekregen, een wereld waarin de problemen zo groot kunnen zijn dat een abortus soms toch de beste keus is. Toen ik daarna af en toe in Afrika en in de Cariben ging werken, zag ik veel jonge meisjes die door een zwangerschap in moeilijkheden waren geraakt. Daar kon ik mijn ogen niet meer voor sluiten. Ik hou me sindsdien veel bezig met anticonceptie bij jongeren.

Veel later pas ben ik me gaan afvragen of ik me voldoende voor dit meisje heb ingespannen. Ben ik tekortgeschoten, niet op medisch gebied maar op het emotionele vlak? Mijn kinderen waren van dezelfde leeftijd, misschien heb ik me daardoor te veel opgesteld als straffende vader. Ik heb het hoofd van de school nog gebeld met de vraag haar in de gaten te houden. Had ik moeten uitzoeken hoe het verder met haar ging? Het gezin liet al snel niemand meer toe, er was nauwelijks nog contact mogelijk. Maar nu kijk ik terug en voel ik me toch bezwaard.'

Bucketlist

Internist in opleiding
Annelies van Vuren (27)

'Ze hoorde niet op onze afdeling, een meisje van zeventien tussen de volwassenen. Maar het kinderziekenhuis had onvoldoende ervaring met haar ziekte. Hoe vaak krijgt een puber nou een melanoom? De huidkanker was uitgezaaid en werd sinds kort behandeld met immuuntherapie. Ze had pijn, thuis ging het niet meer. Zo kwam ze bij ons op de afdeling. Op een eenpersoonskamer die voor we het wisten veranderde in een zwijnenstal.

Er waren problemen met het toedienen van medicijnen, daarom zou ze een infuus krijgen met een lijn die uitkomt in een ader net boven het hart. Om te kijken of het uiteinde op de juiste plek ligt maken we dan altijd een röntgenfoto van de longen. Ik zie die foto nóg voor me. Ik schrok me rot. Longen horen op de foto zwart te zijn, bij haar was alles wit. Allemaal kanker, het barstte ervan. We hadden echt gehoopt dat de immuuntherapie zou aanslaan, maar door dit beeld, deze tumorexplosie, werd werkelijk alle hoop de bodem ingeslagen.

Het was vrijdagmiddag, ik moest het haar vertellen. Ik

zat op een krukje naast haar bed, zij in kleermakerszit met haar telefoon in de hand. Het nieuws was hard, ik moest haar alle hoop ontnemen. De uitzaaiingen zaten niet alleen in haar longen maar ook in haar buik en misschien ook wel in haar hoofd.

Ik had geen idee hoeveel tijd ze nog had, maar lang zou het niet zijn. Wat wilde ze nog? En hoe konden we dat regelen? Die vragen beheersten de dagen daarna de afdeling. Ze wilde trouwen met haar vriendje. Samen met de familie regelden we een bijna echte bruiloft in het stiltecentrum van het ziekenhuis. Met een jurk, een taart en speeches. En ondanks de lading aan ellende die ik haar had gebracht wilde ze dat ik op haar bruiloft kwam. Ze straalde, een wolk van witte tule in een rolstoel. Daarna kwam de tweede wens van haar bucketlist: ze nam een vlog op met een bekende YouTube-vlogster.

De realiteit vroeg ook om andere, ernstige gesprekken. We moesten het hebben over zware pijnstilling, en over haar angst om aan te komen van het oppeppende medicijn dat we haar gaven. Ze wilde praten over euthanasie, maar dat onderwerp verdween door alle wilde plannen naar de achtergrond. Langzaam zag ik haar achteruitgaan. En terwijl het bruidsboeket hing te drogen in de linnenkast gingen de gesprekken meer en meer over het einde. Ze wilde naar huis. Nog één keer werd de afdeling op zijn kop gezet om dat te regelen. Een paar dagen later overleed ze.

Nog altijd ben ik onder de indruk van haar verhaal. Ze bracht een storm van puberale levendigheid op de afdeling. Ze deed het waanzinnig die laatste dagen. Deze meid gaf onze afdeling een cursus leven in een week.

Ik hoop dat we haar en haar familie hebben losgelaten met mooie herinneringen. Ik heb haar verhaal voorgelezen aan een zaal met honderden medisch specialisten. Ze hield van aandacht, nou, die heeft ze gekregen. Ik heb veel reacties van collega's gehad. Haar verhaal motiveert om elke dag opnieuw aan de slag te gaan, om ons uiterste best te doen om patiënten te helpen, ook al staan we soms nog machteloos. We hadden haar zo graag beter gemaakt, maar dat konden we niet. Ik hoop dat er een dag komt dat het niet meer nodig is om een meisje van zeventien te vertellen dat het leven stopt.'

IJsbaan

Huisarts Arie Knuistingh Neven (73)

'Het was een koude winteravond, in het dorp werd geschaatst. De plaatselijke ijsvereniging had een stuk weiland laten onderlopen, een koek-en-zopie neergezet en geluidsboxen opgehangen. Tot 's avonds laat schalde er keiharde muziek over de baan, steeds dezelfde nummers, vooral uit het populaire genre. Vlakbij, in het centrum van het dorp, woonde een van mijn patiënten, een ernstig zieke man die ik regelmatig bezocht.

Meneer Vermaat was vierenzestig jaar en had kort daarvoor te horen gekregen dat hij longkanker had met uitzaaiingen. Het zag er slecht uit, hij had onmiddellijk besloten dat hij geen behandeling wilde. Zijn leven was moeilijk geweest. Hij leed aan een zeldzame aandoening waarbij zijn ruggenmerg werd aangetast, waardoor hij langzaam de kracht in zijn armen en handen verloor. Zijn werk had hij jaren daarvoor al moeten opgeven. Maar klagen deed hij nooit, ook nu niet. Hij accepteerde wat kwam.

Die avond naderde de dood. Hij lag in een hoog-laagbed in de woonkamer, te midden van zijn gezin. De kleine arbeiderswoning bood nauwelijks ruimte, de straffe oostenwind joeg de muziek van de ijsbaan zo naar binnen. Het was alsof de luidsprekers in de achterkamer stonden. Vader Abraham, Corry en de Rekels en Jacques Herb galmden door het huis. Niemand zei er wat van, het waren zulke bescheiden mensen. Maar het kón natuurlijk niet, het hoorde niet, hier lag een man in zijn laatste uren, omringd door herrie. In een repertoire dat ook nog eens helemaal niet bij dit gezin paste.

Ik ben de deur uitgegaan en naar de ijsbaan gelopen. Aarzelend, dat wel. Ik was nog niet zo lang huisarts in het dorp en ik kende nog maar weinig mensen. De bestuurders van de ijsvereniging had ik nog niet op mijn spreekuur gezien, ik wist niet hoe ze zouden reageren. Voorzichtig vroeg ik of de muziek wat zachter mocht. Ik herinner me nog wat ik zei: Vermaat in de Schoolstraat ligt slecht. Natuurlijk kenden ze hem, ze wisten wat er aan de hand was. Ik woon in een dorp waar iedereen elkaar kent. Aandringen was niet nodig, de muziek ging onmiddellijk uit. Het was opeens doodstil op de ijsbaan.

Toen ik weer aan het bed van mijn patiënt stond, vroeg zijn vrouw of ik dat had geregeld. Nee, zei ik, ik heb het alleen maar gevraagd. Een paar uur later, aan het begin van de nacht, overleed meneer Vermaat, in alle rust.

In de jaren daarna kwamen zijn vrouw en kinderen nog af en toe op mijn spreekuur, maar ze kwamen nooit meer terug op wat er die avond was gebeurd. Totdat ik anderhalf jaar geleden een boek wilde gaan maken over mijn ervaringen als huisarts en ik een van de dochters uit het gezin toevallig tegenkwam. Ik vertelde haar dat het verhaal over de ijsbaan me altijd was bijgebleven en vroeg haar of ik daarover mocht schrijven. Ze bleek zich alles nog te herinneren. Ze vertelde me hoeveel indruk dat gebaar van toen op het gezin had gemaakt en hoezeer ze het hadden gewaardeerd dat het afscheid kalm en rustig was verlopen. De plotse stilte die viel toen de muziek op de ijsbaan werd uitgezet was iedereen bijgebleven.

Het verhaal over deze patiënt geeft aan hoe groot de betekenis kan zijn van een ogenschijnlijk simpele handeling: ik vroeg alleen maar of de muziek misschien wat zachter kon. De waarde van een klein gebaar, dat is de les die deze patiënt me heeft bijgebracht. Die les leerde ik pas vele jaren later, door de ontmoeting met de dochter. Toen pas besefte ik dat de familie die laatste nacht nooit was vergeten.'

Blinde vlek

Psychiatrisch verpleegkundige
Floris Bijlsma (44)

'Ik werkte op een gesloten opnameafdeling waar we patiënten behandelden met ernstige psychiatrische problemen. Met de vrouw die was binnengebracht kregen we nauwelijks contact. Ze was erg psychotisch, we zagen dat het niet goed met haar ging, maar we stonden machteloos. Op een avond maakte ze op haar kamer een einde aan haar leven. Ze werd gevonden door mijn collega.

Die was geschrokken en onder de indruk, maar ze maakte gewoon haar dienst af. Ze bleef daarna ook doorwerken. Als coördinator had ik een rol bij de opvang van collega's, dus ik wilde haar helpen, maar aanvankelijk wilde ze niets weten van al die extra aandacht. Maak het niet groter dan het is, zei ze, dit hoort nu eenmaal bij ons werk. Pas toen ze er ook thuis de gevolgen van ondervond, slecht begon te slapen en niet meer alleen naar zolder durfde, wilde ze wel professionele steun. Door allerlei gedoe kwam de hulpverlening niet goed op gang. Laat ook maar, zei ze, ik red me wel.

Al die tijd voelde ik me zo onmachtig. We zijn zo bezig met de preventie van zelfdodingen, maar wat moet je nou doen en zeggen als het toch is gebeurd? Ik ging op zoek naar informatie, maar tot mijn verbazing vond ik bijna niets. Ja, machinisten hebben een protocol, maar die hebben een heel ander beroep. Terwijl in de psychiatrie zelfdoding, of pogingen daartoe, zo vaak voorkomt.

Toen heb ik besloten om zelf aan de slag te gaan. Ik heb verhalen opgetekend van collega's die hetzelfde hadden meegemaakt. Ik wilde weten hoe ze erop terugkeken, hoe het ze was vergaan. Ik begon met verpleegkundigen, maar al snel kwamen er ook psychologen en psychiaters bij, en zelfs een manager. Allemaal vertelden ze hoe groot de impact van de zelfdoding op hen was geweest. Sommige collega's waren er echt op stukgelopen, soms zelfs gestopt met hun werk. Psychiaters gaven toe dat ze veel defensiever waren geworden, de controle over patiënten wilden behouden, uit angst dat het weer zou gebeuren.

Mijn collega is twee jaar later gestopt met haar werk. Dat had met meer factoren te maken, maar toch had de zelfdoding van onze patiënt een onuitwisbare indruk achtergelaten. Ze wilde zoiets niet nog een keer meemaken. Ik hoorde dat ook van anderen: als iemand die aan jouw zorg is toevertrouwd een einde aan het leven maakt verandert er zoveel. Dan ga je anders tegen het werk en zelfs tegen het bestaan aankijken.

Ik had een bundel in gedachten, bestemd voor naaste collega's, maar het is een boek geworden dat alle medewerkers in de psychiatrie tot steun kan zijn, met veel tips voor de opvang van collega's. Zo heeft de verdrietige beslissing van deze ene patiënt meer impact gehad dan ik kon vermoeden. De vele reacties op het boek hebben me duidelijk gemaakt hoeveel schaamte en eenzaamheid er over dit onderwerp heersen. Voor collega's bleek het een opluchting om te lezen dat ze niet alleen staan met hun worsteling.

Weerloos ben je niet, dat is de belangrijkste conclusie die ik heb getrokken uit alle gesprekken. Zelfkennis is belangrijk, in de zorg werken veel mensenredders en die zijn vaak, zonder dat ze dat weten, kwetsbaar als er iets misgaat of fataal afloopt. Het is een blinde vlek in ons vakgebied: we weten veel over trauma's, angsten en depressies, maar dat die ook onszelf kunnen overkomen hebben we vaak niet in de gaten.'

Leven van de liefde

Kinderarts Anne Marie Alders (52)

'Puck was een jaar of zes toen ze op een zomerdag in onze achtertuin aan het rennen was en opeens heel even buiten bewustzijn raakte. Dat was al eens eerder gebeurd, tijdens het afzwemmen. Ik vermoedde een hartritmestoornis, maar onderzoek in het regioziekenhuis leverde geen diagnose op. Er werd gedacht aan hyperventilatie, ze kreeg ademhalingsoefeningen, het leek goed te gaan.

Twee jaar later kreeg ik op mijn werk een verontrustend telefoontje van mijn moeder. Er is iets ergs gebeurd, zei ze, er staan allemaal ambulances bij het zwembad. Het was een maandagmiddag in augustus, de angst sloeg me om het hart. Ik ben naar huis gereden, mijn voorgevoel bleek terecht. Het was de eerste schooldag na de zomervakantie, het was warm en Puck was na schooltijd met vriendinnetjes naar het zwembad gegaan. In het water had ze een hartstilstand gekregen. De ambulance stond aan de verkeerde kant van het water en moest omrijden, en in die tijd hing nog nergens een draagbare defibrillator. Het duurde lang voordat haar hart weer op gang kwam. Te lang.

Twee dagen later maakte een MRI-scan duidelijk dat ze ernstige hersenschade had opgelopen. Er was geen kans op herstel. Puck bleek toch een aangeboren hartritmestoornis te hebben, de inspanning en de schrik van het koude water waren haar noodlottig geworden. Wekenlang heeft ze op de intensive care gelegen, totdat de artsen, samen met haar ouders, besloten dat verder medisch handelen zinloos was. De beademing werd stopgezet. En toen zagen haar ouders iets ongelooflijks gebeuren: Puck bleef ademen. En bleef slikken. Precies de lichaamsfuncties die ze nodig had om in leven te blijven. Haar achtste verjaardag vierde ze op de intensive care, zonder enig besef van haar situatie.

Puck is mijn buurmeisje, haar ouders zijn mijn vrienden. Die zomerse maandagmiddag is nu ruim vijftien jaar geleden en sinds die tijd zorgen ze voor haar. Speciaal voor hun dochter hebben ze een aanbouw aan het huis laten maken. Natuurlijk, er is hulp van een team van betrokken verpleegkundigen, maar ze doen het voor een groot deel zelf. Ik ben nu haar dokter, samen met de huisarts sta ik klaar als zich een medisch probleem voordoet.

Ik zie hoe liefdevol zij omgaan met het enige kind dat zij samen hebben, ik zie hoe goed ze het doen maar ook hoe ontzettend zwaar het is en ik heb daar zoveel respect voor. Puck maakt alles mee, ze is overal bij. Ze gaat iedere dag naar buiten, ze gaat mee op vakantie, haar verjaardag wordt uitgebreid gevierd. Haar ouders hebben de kracht gevonden om het leven weer op te pakken en om haar bestaan, dat zo uitzichtloos leek, toch van betekenis te laten zijn.

Door Puck ben ik als arts en als mens veranderd. Ik ben veel meer gaan relativeren en besef nu nog beter hoe kwetsbaar ouders zijn, vooral ouders van ernstig zieke kinderen. Hoeveel hulp ze ook krijgen, als de voordeur dichtgaat staan ze er vaak alleen voor, en dat moet zo eenzaam zijn. Daar sta ik nu veel meer bij stil. Ik luister en probeer zo veel mogelijk steun te geven, ze niet alleen te laten.

Puck is nu drieëntwintig. De tijd lijkt stilgevallen. Haar ouders zien hoe mooi het had kunnen zijn. Haar vriendinnetjes van toen zijn nu aan het studeren, ze gaan uit, krijgen een vriendje. Maar Puck ligt thuis. Ze zal nooit een vriendje meenemen. Onvoorwaardelijk zetten haar ouders zich voor haar in, terwijl ze er zo weinig voor terugkrijgen. Zelf omschrijven ze dat altijd met dezelfde ontroerende woorden: Puck leeft van de liefde.'

Humor

Verpleegkundige Marcellino Bogers (60)

'Ik was acht jaar oud toen mijn moeder ernstig ziek werd. Ze had huidkanker, de pijnbestrijding was toen nog niet zo goed en ik herinner me dat ik 's nachts wakker werd omdat ze het uitgilde van de pijn. Voor een kind is dat hartverscheurend. Dus als ik 's morgens uit bed kwam ging ik de clown spelen. Dan deed ik mijn pyjamabroek op mijn hoofd zodat mama moest lachen. Want als mama lachte, dan kwam alles goed. Ik snapte niet dat ze dood zou gaan.

Tien jaar later ging ik de verpleging in, leren en werken tegelijk. Ik begon in een verpleeghuis en tijdens mijn eerste avonddienst kreeg ik te maken met een stervende oude vrouw. Het avondhoofd zou bij me blijven, maar werd weggeroepen. De vrouw overleed die avond, heel eenzaam, met alleen mij naast haar bed. Ik was pas achttien jaar en ik vond dat zo erg. Toen ik na mijn dienst op mijn studentenkamer zat, bedacht ik dat ik moest stoppen met de opleiding. Dit vak was te zwaar voor mij, ik zou het niet redden.

De volgende morgen ben ik toch weer aan het werk gegaan. Ik was ingedeeld op een zaal met acht patiënten en moest een man wassen die nogal chagrijnig reageerde. Goh meneer, vroeg ik, bent u misschien met het verkeerde been uit bed gestapt? Hij sloeg de dekens terug en ik zag tot mijn ontzetting dat zijn ene been was geamputeerd. Ik schaamde me zo, hoe had ik dat nou kunnen zeggen? Maar die man moest zo onbedaarlijk lachen. Die komische situatie drong in één klap de zware avond daarvoor naar de achtergrond.

Vanaf dat moment werd humor mijn reddingsboei. Ik besefte dat ik dit vak zou kunnen volhouden als het me lukte om de moeilijke momenten te verlichten door wat lol te maken. Gaandeweg ontdekte ik dat een lachbui ook voor patiënten belangrijk kan zijn. Met de man in het verpleeghuis kreeg ik na mijn onbedoeld grappige opmerking een goede band. Humor kan de afstand tot de patiënt verkleinen, samen lachen versterkt het vertrouwen, het biedt ontspanning, relativeert de sores, en het kan een opstapje zijn om moeilijke dingen bespreekbaar te maken.

Ik ben ermee gaan experimenteren. In het begin voorzichtig, je moet wel eerst uitzoeken of een patiënt humor waardeert en welk type humor dan precies. En nooit grappen maken over gevoelige onderwerpen. Toch hoeft een ernstige ziekte een grap niet in de weg te staan, heb ik gemerkt. Patiënten zitten lang niet altijd te wachten op serieuze gezichten aan hun bed, een beetje humor kan de zwaarte doorbreken. Ik heb het hardst gelachen met terminale patiënten, bij hen kan een lach de angst voor de dood soms een moment verdringen. En als het lukt om patiënten te laten lachen om hun eigen verdriet, ontstaat het gevoel dat ze even de regie over hun leven terugkrijgen.

Het is mijn missie geworden om humor in de zorg te

introduceren. Ik geef lezingen en workshops en heb er een boek over geschreven. Een gebruiksaanwijzing bestaat niet, je hoeft echt niet steeds de lolbroek uit te hangen, je moet het aanvoelen. Er is altijd wel iets om met een patiënt grappen over te maken, de situaties dienen zich vanzelf aan, maar je moet ze herkennen.

Nu pas zie ik in dat mijn gedrevenheid alles te maken heeft met dat jongetje van toen. Ik wil de patiënt op zijn minst een glimlach ontfutselen. Het was mijn moeder die me heeft geleerd hoe zinvol dat kan zijn.'

Motorrijder

Forensisch arts Bertine Spooren (45)

'Vroeg in de morgen ging mijn pieper af. Ik had dienst en belde de meldkamer, er was een lijkschouwer nodig. Agenten hadden kort daarvoor een oproep gekregen dat er bij een dijk een dode man was aangetroffen. Het ging waarschijnlijk om een verkeersongeval. Ik moest samen met de politie ter plaatse onderzoek doen. Ik reed er in de auto naartoe, een adres in de polder. Het was nog stil op de weg.

In het vlakke land zag ik van verre de politieauto al staan. Daarnaast, op de dijk, stond het busje van de verkeersongevallenanalyse. Onderaan het talud trof ik een verongelukte motorrijder. De brokstukken van zijn helm lagen een stuk verderop. Hij moest daar de hele nacht hebben gelegen, onzichtbaar voor de automobilisten die langs waren gereden. Pas die ochtend was hij opgemerkt door een boer die hoog op zijn tractor toevallig naar rechts had gekeken.

Ik onderzocht het lichaam op stijfheid om te kunnen vaststellen wanneer de dood was ingetreden. Ik bestudeerde de plek waar de lijkvlekken horen te zitten, in de laagst gelegen lichaamsdelen. Ik keek goed hoe hij erbij lag. Het zand zat alleen onder zijn handen, er was niet aan hem gesjord. Hij was die avond of nacht al overleden, concludeerde ik, nadat hij onderuit was gegaan en met een enorme klap onderaan de dijk terecht was gekomen.

De agenten klommen omhoog om een doek te halen dat ze over hem heen konden leggen. Er werd een begrafenisondernemer gebeld. Samen met mijn collega van de verkeersongevallenanalyse bleef ik bij het lichaam achter.

En toen kwam de zon op. We stonden aan de rand van een graanveld, er hing een lichte nevel, de vogels begonnen te fluiten en het tegenlicht gaf het landschap een bijna dromerige sfeer. De collega zag me kijken. Prachtig hè, zei hij. We werden omgeven door de schoonheid van de natuur, het was zo'n mooi en vredig beeld, terwijl naast ons een dode jongeman lag. En ik dacht aan zijn gezin, een vrouw, kinderen misschien, die vast erg ongerust moesten zijn omdat hij die nacht niet was thuisgekomen. Ik wist dat de politie onderweg was om het bericht van zijn dood te brengen. Hij moest op slag zijn overleden, en hoewel ik in mijn werk altijd objectief moet blijven merkte ik dat ik daar toch blij om was.

Ik heb al veel lijkschouwingen gedaan en meestal staan de sterfgevallen waarmee ik te maken krijg ver van me af. Ik heb ook geleerd om de luiken gesloten te houden, me niet al te zeer te laten raken door wat ik zie. Maar op deze zonnige ochtend lukte dat niet. De prachtige omgeving plaatste me bijna buiten de situatie en trok me er toch ook weer middenin. Opeens werd ik getroffen door de volstrekte willekeur van het leven, door het besef dat het van puur toeval afhangt of je de volgende dag haalt of niet. Zo kan het dus gaan, realiseerde ik me: het was lekker weer, de motorrijder had besloten om een stuk te gaan rijden en keerde nooit meer terug. En hij stierf op een plek uit het zicht, waar niemand hem zag en het verkeer achteloos passeerde. Dat greep me aan, ik vond het symbolisch voor de onverschilligheid van het heelal: een man sterft, maar alles gaat door en de zon komt weer op.

En toch vond ik dat beeld niet lelijk. De ontluikende zon boven het graanveld gaf eigenlijk een troostrijk gevoel: de dood staat zo midden in het leven dat het leven de dood omringt.'

Dorpshoofd

Huisarts Sjoerd Zwart (62)

'Het was rond lunchtijd toen de portier van het ziekenhuis zich op de fiets bij mij meldde. Ik was nog maar net begonnen met mijn werk in Ghana, in een ziekenhuis op het platteland. De nacht ervoor had ik gewerkt en ik wilde graag wat rusten, maar voor spoedgevallen was ik bereikbaar. De portier bracht een briefje met een boodschap van de verpleegkundige: er was een vrouw van een jaar of dertig binnengebracht met buikpijn. De verschijnselen die ze had genoteerd waren niet zorgelijk, dus ik schreef terug dat ik over een uur wel zou langskomen.

Tien minuten later kwam de portier terug met een nieuw briefje. Ik moest echt met spoed komen, want het ging om een familielid van het dorpshoofd, lid van de Ashanti, de grootste en machtigste stam van Ghana. *Please doctor*, zei hij erbij. Ik raakte wat geërgerd, waarom moest die vrouw zo nodig voorrang krijgen? Ik gaf een briefje mee terug, met dezelfde strekking als daarvoor. Maar het zat me niet lekker en na een halfuur ben ik toch naar het ziekenhuis gegaan. Ik had het goed ingeschat. De vrouw had buikgriep, ik gaf haar een medicijn mee en ze kon weer naar huis.

Twee dagen later stond er opeens een delegatie van het dorpshoofd bij mijn woonhuis. De chief was beledigd, kreeg ik te horen, omdat ik niet had geluisterd naar een dringend verzoek. Ik verdedigde me, legde uit dat er geen noodzaak was geweest om snel te handelen. Toch heb ik mijn excuses aangeboden. Ik realiseerde me opeens heel goed dat ik rekening moest houden met de regels van de samenleving waar ik te gast was. De maatschappij is daar nu eenmaal een stuk hiërarchischer, wie status heeft krijgt een voorkeursbehandeling. Wat voelde ik me nederig. Ik speelde de hautaine westerse dokter, de blanke die wel even bepaalt hoe het hoort.

Die patiënt op het Ghanese platteland leerde me een les die me later nog vaak zou heugen. Want toen ik daarna in Nederland huisarts werd, merkte ik gaandeweg hoe vaak ik te maken kreeg met het dilemma van toen. Iemand voortrekken, dat is in onze egalitaire samenleving ongepast. Maar dokters doen dat voortdurend. Het gebeurt regelmatig dat ik een specialist in het ziekenhuis vraag of een van mijn patiënten eerder kan worden geholpen. En niet voor niets hou ik aan het begin en het einde van mijn spreekuur spoedplekken open.

Voorrang heeft vaak een medische reden, wie ernstig ziek is wordt eerder geholpen. Maar in Ghana heb ik geleerd dat ook sociale en culturele factoren mogen meetellen. Mijn Turks-Nederlandse patiënten zijn bijvoorbeeld vaak erg ongerust als een kind koorts heeft, omdat hersenvliesontsteking in Turkije veel voorkomt. Hun angst is meestal onterecht, maar als ze bellen maak ik snel tijd vrij. Dat doe ik ook voor de zieke hoogleraar die naar een belangrijk congres moet. Als wielrenner Tom Dumoulin na een valpartij moet worden geopereerd, of als de koningin een arts nodig heeft, gaan ze toch ook voor? Daar heeft niemand moeite mee. Kennelijk omdat de samenleving daar profijt van heeft. Niemand is gelijk, dat is wat me in dat Ghanese plattelandsziekenhuis duidelijk is geworden.

Ik was even bang dat ze me in Ghana na dat incident niet meer wilden hebben als arts. De chief bleek ook nog eens voorzitter van het ziekenhuisbestuur. Maar we hebben een goed gesprek gevoerd en daarna hebben we het er nooit meer over hoeven hebben. Toen een jaar later mijn dochter werd geboren heb ik haar vernoemd naar de koninginmoeder, de machtigste Ashantivrouw in het district.'

Boos en narrig

Specialist ouderengeneeskunde Wilco Achterberg (54)

'Hij had een dossier dat niet in de map paste, een dikke bundel aantekeningen over al zijn lichamelijke problemen, die door tal van specialisten waren bekeken. De oorzaak van zijn klachten bleef onduidelijk en nu was hij in het verpleeghuis beland. Begin zeventig en hij had zoveel pijn dat hij alleen maar stil in bed kon liggen terwijl niemand hem wist te vertellen wat er aan de hand was. Boos was hij, en narrig, lastig te behandelen en altijd in conflict met de verpleging.

We overlegden met de psychiater die met een bijzonder advies kwam. Hij noemde het de paradoxale benadering, alleen maar luisteren, aandacht geven, en niet bij elke klacht meteen gaan zoeken naar een oorzaak en een oplossing. Eens per week zou ik een uur met hem gaan praten, zonder daarbij meteen in de dokterstand te schieten.

Vanaf dat moment ging ik iedere vrijdagochtend om negen uur bij hem langs. Ik zat naast zijn bed en liet hem vertellen. In het begin was hij altijd vrij opgewonden, maar in de loop van het gesprek kalmeerde hij. De eerste maanden voelden die gesprekken als corvee. Ik was in opleiding, onervaren nog en ik wilde zo graag dokter zijn, mensen behandelen. Ik had het gevoel dat ik alleen maar een trucje toepaste. Totdat ik merkte dat onze gesprekken hem goeddeden. Hij begon uit te kijken naar onze ontmoetingen, ze maakten zijn hele week een stukje prettiger. Als ik te laat was kreeg ik dat te horen en als ik een keer oversloeg ging het meteen mis, dan had de verpleging weer veel moeite met hem.

Ik zag hoezeer hij mijn aandacht nodig had en dat is een les die me in mijn hele carrière is bijgebleven. Ouderen kampen vaak met een heel scala aan kwalen en als arts maken we soms de fout door te snel overal een oplossing voor te willen zoeken. Natuurlijk moet je ingrijpen en behandelen waar nodig, maar voor veel patiënten is oprechte belangstelling van de dokter misschien nog wel van grotere betekenis. Het komt zo vaak voor dat oude mensen dagenlang geen gesprek voeren met anderen over wat ze meemaken en belangrijk vinden. Dat moet erg eenzaam zijn.

Eerst luisteren, dan pas kijken of er een hulpvraag is: dat heb ik geleerd van al die gesprekken op vrijdagmorgen. Ik ben gaan inzien dat ons vak vooral beschouwend is, in een verpleeghuis staat de geneeskunde in dienst van de zin van het leven.

Tweeënhalf jaar heb ik deze man bijna iedere week opgezocht. Hij bloeide op, vertelde over zijn vrouw, en begon na verloop van tijd zelfs te vragen hoe het met mij ging of hoe mijn vakantie was geweest. Toen ik vanwege mijn opleiding naar een andere afdeling ging, besloot ik om de gesprekken met hem voort te zetten. Ik wilde hem niet kwijt.

En toen, op een vrijdagochtend, trof ik hem niet aan op zijn kamer. De nacht ervoor was hij plotseling overleden.

Zijn dood raakte me. Ik was hem gaan waarderen. En hij mij. Ik denk dat hij zich door onze gesprekken toch een beetje speciaal heeft gevoeld. In het verpleeghuis was hij een van de velen en door zijn nukkige gedrag was hij niet erg geliefd. Statusverlies komt bij oudere mensen vaak voor, vooral als ze dementie krijgen. Er is niemand meer die ze af en toe complimenteert, die zegt dat ze er mogen zijn, dat ze iets goed hebben gedaan. Bij deze man zag ik de uitwerking van oprechte aandacht. Als iemand jou speciaal maakt, blijft het leven de moeite waard.'

Euthanasie

Huisarts Ted van Essen (69)

'Door het glas van de deur zag ik onmiddellijk dat het niet goed met haar ging. Ze oogde moedeloos maar ook geagiteerd. Het was een zondagmiddag, ik had geen dienst, maar ik had toen nog praktijk aan huis en ze belde aan. Ik had haar al een tijdlang niet gezien. Ze leed aan terugkerende zware depressies, geen enkele behandeling had haar tot nu toe kunnen helpen. De laatste keer was ze gedwongen opgenomen omdat ze een gevaar vormde voor zichzelf. Nu was ze kennelijk weer thuis.

Ik liet haar binnen in het halletje en ze kwam meteen ter zake. Ik wil dood, zei ze, en jij moet me daarbij helpen. Ik besefte onmiddellijk dat ze serieus was. Ik kende haar, wist hoe ze leed onder haar depressies. Ze was nog jong, begin dertig, maar het was een zielig hoopje mens, al jaren.

Maar haar probleem ging ik in dat halletje niet even oplossen. Het is al lang geleden, ver voordat de euthanasiewet werd ingevoerd. Stervenshulp was toen nog gecompliceerd en al helemaal bij psychiatrische problemen. Ze overviel me. Ik was nog niet zo lang huisarts, ik had tijd nodig om na te denken. In mijn hoofd zette ik meteen een heel traject uit, ik moest met haar psychiater gaan praten en met haar familie. Ik stelde voor dat ze de volgende middag terug zou komen zodat we er rustig verder over konden spreken. Ze stemde toe.

Achteraf neem ik het mezelf kwalijk dat ik haar verzoek niet zwaarder heb opgenomen. Ik ben er te gemakkelijk van uitgegaan dat ik haar had gerustgesteld. Ik dacht dat ze wel begreep dat ik niet meteen ja kon zeggen. Ik dacht ook dat het wat beter met haar ging omdat ze weer thuis was. Maar ik was aan het invullen. Ik had die middag meteen met haar in gesprek moeten gaan, dan had ik geweten hoe ze eraan toe was. Ik liet haar gaan op basis van een eerste indruk en haar belofte om terug te komen.

Ze kwam niet de volgende dag. Ik maakte er geen werk van. Maandagen zijn altijd druk in een huisartsenpraktijk, ik had zoveel andere dingen aan mijn hoofd dat het niet slecht uitkwam. Ik ging ervan uit dat ze bij haar familie verbleef en dat die mij bij problemen zou weten te vinden.

Woensdagochtend tijdens het spreekuur belde de politie. Ze was vlak bij mijn praktijk van een flat gesprongen. Of ik haar wilde komen identificeren, want ze was niet meer toonbaar voor de familie. Ik zie me daar nog staan in de aula op de begraafplaats. Die ene dag uitstel was een dag te veel geweest.

Haar ouders zijn altijd boos op me gebleven. Nee, niet omdat ze dood was maar omdat ik haar niet had geholpen met euthanasie. Ze hadden jaren met haar getobd, en nu moest ze op zo'n vreselijke manier haar leven beëindigen. Ze wilden me nooit meer zien.

Het is nu meer dan vijfendertig jaar geleden, maar het verhaal van deze jonge vrouw heeft in de rest van mijn loopbaan mijn houding tegenover euthanasie bepaald. Levensbeëindiging mag dan bij psychiatrische problemen veel ingewikkelder zijn, het kan soms een humane oplossing zijn. Ik heb gezien waartoe een wanhopig mens kan besluiten als die oplossing uitblijft.

Altijd als het onderwerp weer in de belangstelling is, keert zij terug in mijn gedachten. Ik deed de deur voor haar open die zondagmiddag en dat maakte me medeverantwoordelijk. Ze heeft mijn twijfel uitgelegd als een afwijzing. Ik had haar willen helpen, het had niet zo mogen gaan.'

Manie

Psychiater Veerle Bergink (44)

'Ze kon zulke scherpe, gemene opmerkingen maken, commentaar dat was bedoeld om anderen onderuit te halen. Ik was nog maar net begonnen als psychiater en als ik eens wat onhandig formuleerde, dan vroeg ze of ik wel wist waar ik mee bezig was. Had ik kleding aan waarvan ik 's morgens zelf al had vastgesteld dat het niet de beste keus was geweest, dan kon ik wachten op een denigrerende reactie.

Het was onderdeel van haar stoornis, dat wist ik. Ze was opgenomen op onze afdeling omdat ze manisch was geworden. Een jonge, hoogopgeleide vrouw die opeens ontremd gedrag vertoonde, overliep van energie, ervan overtuigd was dat ze nauwelijks slaap nodig had, terwijl in haar hoofd de gedachten voortraasden. Die stemmingsstoornis had bij haar ook een andere kant: ze was geprikkeld en snel geraakt, wat van haar een boze en geïrriteerde vrouw maakte. Ze was vaak zó naar, niet alleen tegen ons maar ook tegen haar man, een leuke vent die ze met haar kritiek diep kon kwetsen.

Wij leren onze psychiaters in opleiding altijd dat we ten

tijde van een manie, een depressie of een psychose niet veel kunnen zeggen over de persoonlijkheid van een patiënt. Wie een psychiatrische ziekte heeft is immers niet zichzelf. Maar bij deze vrouw had ik grote moeite om op mijn vakkennis te vertrouwen. Ik betrapte mezelf op onaardige gedachten: hoe kon zo'n nare vrouw zo'n aardige man hebben en zo'n goede baan? Wat niet meehielp was dat ze het onderzoek dat ik op de afdeling deed eigenhandig had weten stop te zetten. Ze had zelf geen zin om mee te doen en had alle andere patiënten tegen me opgezet. Ze moest haast wel een vervelend mens zijn, er was vast iets mis met haar persoonlijkheid. Ik zei het niet, maar ik dacht het wel.

Aan krenkende opmerkingen zijn we wel gewend in de psychiatrie. Patiënten kunnen hatelijk zijn, daar moet je tegen kunnen. Ik probeerde haar nare, persoonlijke opmerkingen te relativeren, maar wat er gebeurde raakte me toch. Misschien omdat ze op me leek, ze had mijn kwetsbaarheid goed door.

En toen knapte ze op. De behandeling sloeg aan en langzaam kwam er een leuke en slimme vrouw tevoorschijn. Twee jaar na haar ontslag kwam ze langs voor controle en ik zag opnieuw hoe aardig ze was, hoe ad rem, en wat een geweldig gevoel voor humor ze bezat. En ik realiseerde me toen zo duidelijk dat een psychische ziekte eigenschappen kan uitvergroten, en dat daardoor soms het allerslechtste in iemand naar boven wordt gehaald. Deze vrouw was pienter en gevat, maar door haar manie werden haar scherpe opmerkingen pijnlijk en kwetsend.

Dat inzicht heeft me als psychiater en als mens veranderd. Een psychische ziekte kan ons allemaal overkomen, en het is vreselijk als daardoor je persoonlijkheid veranderd lijkt. Natuurlijk wist ik dat als psychiater, in theorie, maar door deze vrouw ben ik gaan inzien hoe belangrijk het is om daarbij stil te staan, om niet meteen te oordelen over iemands karakter.

Ook in mijn privéleven had ik altijd snel mijn mening klaar. Maar ik ben milder geworden, zeker als ik mensen niet goed ken. Een chagrijnige opmerking of een nare reactie hoeft niet te betekenen dat daar een vervelend mens achter zit. Hoe iemand doet is vaak niet hoe iemand is.'

Jong en oud

Verpleegkundige Tommie Niessen (27)

'Hij oordeelde niet en dat vond ik bijzonder. Ik heb tatoeages en opgeschoren haar, ik zie er niet uit als de gemiddelde verpleegkundige, maar daar heeft hij nooit een opmerking over gemaakt. Later hoorde ik van zijn dochter dat hij zich wel over me had verbaasd, maar daar heb ik niets van gemerkt. Hij vroeg wat mijn tatoeages betekenen. Ik vertelde hem dat mijn opa altijd papieren bootjes voor me vouwde en dat ik daarom zo'n bootje op mijn arm had laten zetten. En dat daar as van mijn opa en oma in zit. Hij luisterde en was ontroerd.

Jonge mensen vinden oude mensen vaak saai en oude mensen hebben vaak een mening over jongeren. Daar hadden wij samen geen last van. We scheelden meer dan zestig jaar in leeftijd, maar we konden het zo goed met elkaar vinden. Heel soms kom je iemand tegen die je zonder woorden begrijpt en dat was hij. Gurbe, een geboren Fries die in het zuiden van het land was beland vanwege zijn werk. Hij woonde nu in bij zijn dochter omdat hij ernstig ziek was. Hij had last van nierfalen, maar wilde niet meer worden behandeld. Een paar keer in de week ging ik bij hem langs. Dan dronken we samen koffie en kwamen de verhalen. Hij kon prachtig vertellen, over zijn leven, over de liefde. We hadden het niet over oppervlakkige dingen, onze gesprekken gingen dieper. Hij was een zeer gelovig man, maar vrijdenkend en net als ik geïnteresseerd in levensbeschouwing.

Na een paar maanden ging ik op vakantie en daarna kreeg ik een andere baan, maar ik beloofde terug te komen. Hij moest huilen die laatste dag. Eind vorig jaar kreeg ik het bericht dat hij in een hospice lag en dat het slecht met hem ging. Ik voelde me schuldig, ik was nooit meer bij hem langsgegaan. Vanaf dat moment heb ik hem wekelijks opgezocht. We pakten onze gesprekken meteen weer op.

Toen zijn schoonzoon me liet weten dat hij niet lang meer zou leven, ben ik erheen gegaan om afscheid te nemen. Hij reageerde al niet meer. Ik ging aan zijn bed zitten, hield zijn hand vast en praatte tegen hem. En toen rolde er langzaam een traan over zijn wang. Ik weet niet of hij besefte dat ik naast hem zat en of die traan voor mij was bestemd, maar het was zo'n mooi moment.

Ik ken weinig ouderen die zo bewust en open over hun gevoelens kunnen praten als hij kon. Hij was dankbaar voor een boeiend leven en zo blij dat anderen voor hem wilden zorgen toen hij ziek werd. Je bent nu druk, leerde hij me, je wilt van alles bereiken, maar kijk niet alleen maar vooruit, realiseer je dat de weg ernaartoe ook mooi is. Als je ouder wordt, zei hij, kijk je terug op je leven en besef je dat je meer had moeten stilstaan in plaats van door te rennen. Hij heeft me bijgebracht dat ik dankbaar moet zijn voor wat ik heb. Waardeer de kleine dingen, wees je bewust van de mensen om je heen, van wat je doet.

Het lukt me nog niet altijd om zijn les in de praktijk te brengen. Ik denk veel terug, dat is al goed, maar ik sta nog te weinig stil. Maar met hem in mijn achterhoofd gaat dat steeds beter. Zijn rouwkaart heb ik bewaard, er staat een Bijbeltekst op: *Zonder liefde is alles zinloos.* Dat is precies de reden waarom ik in de zorg werk. Omdat liefde inhoudt dat je iets voor een ander wilt betekenen.'

Hoop

Klinisch neuropsycholoog
Henk Eilander (70)

'Ze had zo lang onder water gelegen in de sloot achter haar huis dat ze ernstig hersenletsel had opgelopen en in coma was geraakt. De artsen in het ziekenhuis hielden haar in leven, maar konden verder niets meer voor haar doen. Ze moest naar een verpleeghuis, maar daar werd de kinderafdeling gesloten en zo kwam ze bij ons in het revalidatiecentrum terecht. Een meisje van twee jaar dat niet bij bewustzijn was, nauwelijks reageerde en vooral veel en hartverscheurend huilde.

We wisten niet wat we met haar aan moesten. We hadden nooit eerder de zorg gehad over patiënten zoals zij. Het is ruim dertig jaar geleden, afwachten was toen de enige optie: hopen op spontaan herstel, dat bijna nooit kwam. In de internationale literatuur vond ik aanwijzingen dat het soms mogelijk was om het bewustzijn naar een hoger niveau te krijgen, maar hoe? En hoe gingen we om met de ouders, die zich zo schuldig voelden en alle kansen op verbetering wilden aangrijpen? Het was allemaal nieuw voor ons.

De ouders zagen dat hun dochter 's nachts alerter was en

vroegen ons om haar dan te activeren. We snoezelden, zongen liedjes, lieten haar dingen aanraken, maar verbetering bleef uit en we besloten er na een tijdje mee te stoppen. Toen ontdekten de ouders een behandelprogramma van twee Amerikaanse therapeuten dat geweldige resultaten scheen op te leveren. Eens per maand kwamen die twee naar Spanje om patiënten te zien. Ik ben met de ouders in het vliegtuig gestapt, hun dochter mee in een rolstoel. Ik zie ons nog lopen in die Spaanse stad, zwoegend over de kasseien. De Amerikaanse behandeling bleek zeer intensief: patiënten moesten uren achter elkaar worden geprikkeld, soms door vijf mensen tegelijk. Volgens de therapeuten zouden de beschadigde hersenen profiteren van extra bloedtoevoer, ze adviseerden ons het meisje iedere dag een paar minuten ondersteboven op te hangen. Ze moest ook met hulp van anderen bewegingen maken, zodat het lichaam die zou gaan begrijpen en zou overnemen. De ouders kregen te horen dat er kans op verbetering bestond, als ze maar hun best deden.

Zij zagen het zitten, wij niet. Voor sommige Amerikaanse theorieën bestond geen enkel bewijs, we vreesden zelfs dat ze schadelijk konden zijn. We hebben afgesproken dat het meisje de helft van de week bij ons zou verblijven en verder thuis, waar haar ouders met een groep vrijwilligers aan de slag gingen. Ik heb ze daar eens opgezocht, ze hadden van de zolder een behandelcentrum gemaakt.

Het meisje is een paar jaar later overleden. Ik herinner me hoe opgelucht ik was toen ik dat hoorde. De behandeling had haar nooit verder gebracht, ze was zeer zwaar gehandicapt. En ze bleef maar zo huilen.

Toch heeft dit verdrietige verhaal een bijzonder gevolg

gehad. Door dit meisje en haar ouders hebben we ingezien dat er voor patiënten met hersenletsel altijd zicht moet zijn op verbetering. Daarom hebben we zelf een revalidatieprogramma ontwikkeld voor jonge patiënten met een verminderd bewustzijn, waarbij ze op tal van manieren worden gestimuleerd. De ouders zijn daarbij net zo belangrijk als het kind. We nemen heel veel tijd om te achterhalen wat ze belangrijk vinden, uit te leggen wat de herstelmogelijkheden zijn en hoe zij daarbij een rol kunnen spelen.

Nu weet ik dat bij dit meisje geen enkele behandeling effect zou hebben gehad. Ze had zo'n ernstig zuurstofgebrek opgelopen, ik heb nooit een patiënt gezien die daarvan zo'n tijd later ook maar enigszins is hersteld. Maar ontneem ouders nooit hun hoop, dat is de les die ik heb geleerd. We moeten realistisch zijn in onze verwachtingen, maar we mogen ze nooit in de steek laten.'

Drempel

Verpleegkundige
Hugo van der Wedden (42)

'Ze noemde me altijd Johan, ze dacht dat ik die leuke buurjongen was op wie ze ooit, als meisje van achttien, een beetje verliefd was geweest. Als ik andere vrouwen aandacht gaf, werd ze jaloers. We konden het goed met elkaar vinden, ze had iets wat me aansprak. De randen van haar geheugen waren flink afgebrokkeld, in haar beleving was ze weer een jonge meid. Dat moet een fijne, levendige tijd voor haar zijn geweest en dat straalde ze ook uit. We dansten over de afdeling op de muziek van Manke Nelis, genoten samen van een glaasje advocaat.

Ze kreeg weinig bezoek. Alleen haar kinderen kwamen af en toe langs, verder zat ze veel alleen. Nadat ze was gevallen en een heup had gebroken overleed ze. Met mijn collega's uit het verpleeghuis ging ik naar haar begrafenis. Tot mijn verbazing zat de kathedraal tot aan de nok toe vol. Ik keek om me heen en dacht: waar waren jullie de afgelopen jaren? Behalve haar kinderen had niemand in de kerk haar ooit bezocht.

Sprekers haalden herinneringen op, een voor een

omschreven ze haar laatste levensfase in het verpleeghuis als uiterst verdrietig. Dus de tijd die ik met haar had meegemaakt, waarin ze het goed had en wij samen lol hadden, werd daar weggezet als een betreurenswaardige periode. Dat was pijnlijk. Natuurlijk was ze in haar laatste jaren soms ook verdrietig, maar dat zat hem vooral in haar eenzaamheid. In de kathedraal kreeg het verdriet een gezicht: allemaal mensen die zo lang waren weggebleven en nu opeens wel naar haar begrafenis kwamen.

Die volle kerk heeft me nooit losgelaten. Aanvankelijk was ik boos, maar toen ik later sociologie ging studeren leerde ik andere kanten van het verhaal kennen. Dat die mensen nooit naar het verpleeghuis waren gekomen lag waarschijnlijk ook aan de cultuur van de instelling. Als je wilt dat de buitenwereld naar binnen komt, zorg er dan voor dat het verpleeghuis ook voor naasten als een thuis voelt. De zorgsector is nog steeds erg op het individu gericht, er bestaat een soort onmacht om de kring om een bewoner of een patiënt er echt bij te betrekken. Verpleeghuizen waren lange tijd een bijna ondoordringbaar fort, met vaste bezoektijden en familie die op afstand werd gehouden. De deuren zijn al decennialang geopend, maar kennelijk is de drempel van een instelling voor velen nog te hoog. Dat kan veranderen, mogelijkheden genoeg.

Ik besefte ook dat achter al die kerkgangers een eigen kleine tragedie schuilging in hun relatie tot de vrouw. Ze moeten allemaal op een zeker moment, om persoonlijke redenen, zijn weggebleven. Als mensen dementie krijgen worden ze onvoorspelbaar en dat maakt dat de omgeving vaak afstand neemt. Vrienden en bekenden weten zich geen houding te geven, het is allemaal zo confronterend. Zo komen mensen met dementie steeds meer alleen te staan. En ze voelen dat, daar ben ik van overtuigd, ze beseffen dat familie en vrienden zich geleidelijk aan terugtrekken.

Tot deze vrouw drong heel af en toe door dat ze in een verpleeghuis zat. Dan werd ze verdrietig en probeerden we haar te troosten. Ik vermoed dat er in de jaren voor haar opname veel stuk is gegaan. Alle mensen uit de kerk zijn langzaam uit haar leven verdwenen, dat moet heel pijnlijk voor haar zijn geweest. Dáár zit het grote verdriet van dementie, in hoe wij als samenleving met de ziekte omgaan. Mensen worden niet meer voor vol aangezien en dat hebben ze heel goed in de gaten.

Misschien was het een vorm van compensatie dat de kerk zo vol zat, en hadden al die vrienden en bekenden die waren afgehaakt een zeker schuldgevoel.'

In slaap gesust

Maag-darm-leverarts Joost Drenth (54)

'Ik leerde hem kennen toen ik nog in opleiding was, een veertiger met een ruig leven achter de rug. Opgegroeid in een moeilijk gezin, uit huis geplaatst, daarna in aanraking gekomen met de zelfkant van de samenleving en verslaafd geraakt. In die tijd had hij hepatitis C opgelopen, een infectie van de lever, en daarom kwam hij onder mijn hoede. Er was in die tijd nog maar één medicijn tegen de ziekte, met ernstige bijwerkingen. Dat sloeg niet aan en vanaf dat moment werd genezing voor hem de heilige graal. Ik ben zelden een patiënt tegengekomen die zo achter een behandeling aan joeg. Hij zocht alles op, onze gesprekken kregen bijna een technisch karakter. Als ik naar een congres was geweest vroeg hij: en, is er al wat nieuws?

Gaandeweg ontdekte ik welke last hij met zich meedroeg. Zoveel bekenden van vroeger, die hetzelfde leven hadden geleid, waren inmiddels aan hepatitis overleden. Hij had het wrede gezicht van het virus gezien, vooral in het lichaam van zijn beste vriend, bij wie de ziekte de lever had gesloopt en het brein had beneveld. Dat moet mij niet gebeuren, zei hij.

Hij was doodsbenauwd om dezelfde weg te gaan.

Een paar jaar geleden kwamen er nieuwe medicijnen op de markt. Daarmee kon het virus in een paar maanden tijd vrij eenvoudig worden bestreden. Ik was zo blij voor hem. Maar de behandeling had bij hem geen effect, na de kuur kwam het virus terug. Ook een tweede medicijn hielp niet, hij was ontgoocheld. En toen kwam er vorig najaar een derde middel beschikbaar, dat paste bij het type virus in zijn lever. Het leek aanvankelijk goed te gaan, maar hij kreeg klachten en daarom liet ik een echo maken. Ik herinner me het moment waarop ik zijn lever op het scherm zag, het bonte beeld dat opdoemde. Ik was volkomen van slag. De CT-scan bracht daarna de bevestiging: hij had leverkanker.

Vijf weken geleden is hij naar een hospice gegaan. Ik heb hem opgezocht, hij heeft er een prachtig uitzicht over de Waal. Ik heb hem gezegd dat ik al die jaren met hem ben meegereden als metgezel, dat ik de route goed heb aangegeven maar onderweg niet goed heb opgelet. Ik had eerder een echo moeten maken. Ik doe dat altijd, maar bij hem heb ik het nagelaten. Ik zie nu in waarom. We hadden een bondje gesloten, we zouden hem van dat rottige virus verlossen, een virus dat net zo van hem als van mij was geworden. Ik zat met hem te dicht op dat doel, de drang was zo groot, ik was ervan overtuigd dat het zou gaan lukken.

Hij vroeg of een eerdere echo voor hem iets had uitgemaakt. Misschien niet, hij wilde geen operatie en al helemaal geen levertransplantatie. Toch heeft het me bescheiden gemaakt. Ik heb geleerd dat je altijd een brede blik moet houden, en voldoende afstand. En ik heb respect gekregen voor ziektes, ik heb gezien hoe die kunnen afwachten en dan iemand als een sluipmoordenaar kunnen bespringen.

Hij vertelde me dat hij zo trots was dat hij ooit met roken was gestopt. Het was de laatste verslaving die hij had overwonnen en hij had er veel moeite voor moeten doen. Het had het begin van een nieuw leven moeten zijn. Maar wat hem zo'n angst inboezemde gaat nu gebeuren, hij gaat net zo dood als zijn vrienden. En daar heb ik hem niet tegen kunnen beschermen. Hij wil het nog zo lang mogelijk volhouden. We appen met elkaar. *Dank voor je bericht, Joost*, schreef hij laatst. *Ik heb het naar mijn zin hier, bij de rivier. Ik denk aan je soms.*'

Regie

Cardioloog Angela Maas (61)

'Ze was dol op haar kat, ze had een toegewijde dochter, goede buren, een leuk huis, ze leefde het leven dat ze wilde. Dus toen ik bij haar een ernstige afwijking aan de aortaklep vaststelde, was ze gedecideerd: ze wilde niet geopereerd worden. Ze was vitaal, een jaar of zeventig, ze had de operatie prima aangekund, maar het lukte me niet om haar op andere gedachten te brengen. Twee keer per jaar kwam ze langs en zo hield ik haar in de gaten. Af en toe maakte ik een echo van haar hart, klachten kon ik bijsturen met medicijnen. Ze kwam snel ter zake, legde vast dat ze niet gereanimeerd wilde worden en ze bracht een euthanasieverklaring mee. Bij ieder bezoek checkte ze of ik die nog wel had.

Jarenlang ging het uitstekend, ik kreeg bijna het idee dat we een goede beslissing hadden genomen. Hoewel de echo had uitgewezen dat de klep flink vernauwd was, bleef zij een tevreden mens. En toen, op een ochtend, vlak nadat ze vrolijk mijn spreekkamer was binnengestapt voor een controle, werd ze ineens hevig benauwd. Happend naar adem zat ze tegenover me, het schuim stond op haar mond. Als haar dat thuis was overkomen was ze dood geweest, maar nu gebeurde het voor mijn ogen. Ik wist dat ze geen onnodige behandelingen wilde, hoe vaak hadden we daar niet over gesproken. Maar als dokter wil je handelen. Ze was lopend binnengekomen en ik dacht: ze gaat er toch niet in een kist uit?

Ik besloot om haar te laten beademen, in de hoop dat ze weer snel naar huis zou kunnen. Ze was aanspreekbaar, ze gaf toestemming. Maar toen ze eenmaal aan de beademing lag werd duidelijk dat ze daar niet meer vanaf zou komen. Vanwege de buis in haar keel kon ze niet praten, ze communiceerde door te gebaren en te schrijven. Weer reageerde ze vastberaden. Dit was niet de bedoeling, liet ze weten, dit moest stoppen.

Ik had er moeite mee om haar te laten gaan. Ik kende haar wensen en desondanks had ik haar aan de beademing gelegd. Ze had me overrompeld en ik had me door mijn doktersinstinct laten leiden. Tegen beter weten in had ik gehoopt dat ze het misschien zou redden. Had ik daar fout aan gedaan? Ik besprak mijn worsteling met de dochter. Die stelde me gerust, haar moeder verweet me niets.

Ze koos een dag uit waarop de beademing zou worden stopgezet. Haar laatste wens werd ingewilligd: ze wilde de poes nog zien en een glas wijn drinken. En zo is ze rustig overleden, met de poes op het voeteneinde en een fles wijn op haar nachtkastje. Een paar weken later kreeg ik een ontroerende brief van de dochter. Ze schreef dat ze zo met mij te doen had omdat ik het er zo moeilijk mee had gehad. Ze was blij dat het zo gelopen was, dat ze nog afscheid had kunnen nemen.

Altijd de keuze van de patiënt respecteren, dat is wat ik van deze vrouw heb geleerd, ook als die keus indruist tegen wat wij als arts het beste vinden. De patiënt is niet van ons, de patiënt is van zichzelf, en die vindt lang niet altijd dat we alles moeten doen wat we kunnen. Nu is dat normaal, arts en patiënt nemen samen beslissingen, maar toen ik haar leerde kennen, vijftien jaar geleden, had de dokter vaak nog de regie.

Zij wees me de weg die ik moest volgen en dat heeft grote indruk op me gemaakt. Soms kom je een patiënt tegen naar wie je als dokter alleen maar kunt luisteren.'

Goede bedoelingen

Verpleegkundige Sandra Kleefstra (39)

'Ze was opgenomen op onze afdeling omdat ze een klaplong had. Een klein, broos vrouwtje met grote bruine ogen. Het is al lang geleden, maar ik zie haar nog zo voor me. Zelfs haar naam weet ik nog. Ze vertelde me haar levensverhaal en dat was zo verdrietig. Ze was in haar leven de verkeerde mannen tegengekomen en die hadden haar vreselijke dingen aangedaan. Ik was erdoor geraakt, wat een sterk mens. Ik wilde graag goed voor haar zorgen.

Totdat er geluiden uit het team kwamen, van ervaren collega's, die merkten dat er iets met haar aan de hand was. Ze kwam kwetsbaar over, maar dat was bedrieglijk: ze bleek ons vrij geraffineerd tegen elkaar uit te spelen. Wat de een zei gebruikte ze tegen de ander. Ze vertelde dingen door, manipuleerde, maakte verpleegkundigen aan het huilen. Ze strooide met complimentjes, maar steeds met een reden. Ze bespeelde ons om dingen voor elkaar te krijgen, maar hoe hard we ook ons best deden, ze vroeg steeds meer, en het was nooit genoeg. Dan dreigde ze klachten in te dienen. Omdat we niet wisten wat we met haar aan moesten vroegen we een psychiatrisch verpleegkundige om met ons mee te kijken. Die drukte ons op het hart om bij deze vrouw één lijn te trekken. Ik was nog in opleiding en werd beschermd. Ik mocht niet meer naar haar toe, voor mijn eigen bestwil.

Langzaam werd duidelijk dat ze zichzelf dingen aandeed. Zo kreeg ze zomaar, zonder reden, een tweede klaplong, aan de andere kant. De artsen onderzochten haar op prikplekken om erachter te komen of ze daar zelf de hand in had gehad. De medicijnen die ze moest slikken werden ongebruikt teruggevonden in de la van haar nachtkastje. Ik weet nog hoe aangrijpend ik dat allemaal vond. Kennelijk had ze door haar vreselijke verleden zo'n ongezonde kijk op het leven gekregen dat ze meende zorg en aandacht te kunnen krijgen door zichzelf pijn te doen en ons te misleiden. Voor het eerst zag ik welke gekke sprongen de geest soms kan maken.

Het is niet goed met haar afgelopen. Ze is later op een andere afdeling overleden. Door eigen toedoen, ze had te veel medicijnen ingenomen. Nog altijd vraag ik me af of ze echt dood wilde.

Wie in de zorg gaat werken wil iets voor anderen betekenen, zich ontfermen over mensen die ziek of afhankelijk zijn. Maar er zijn patiënten die onze inzet niet waarderen, die gewoon nooit tevreden zijn. Door deze vrouw heb ik dat al heel vroeg ingezien. Ik was nog een leerling, deed extra mijn best. Ik dacht dat ik emoties van anderen best goed kon inschatten, maar bij haar had ik het volkomen mis. Dat heeft grote indruk op me gemaakt. Ik had het gevoel dat ze me met mijn goede bedoelingen snoeihard om de oren sloeg.

Kennelijk ben ik in mijn werk toch niet helemaal onbaatzuchtig en verwacht ik iets terug van mijn patiënten. Niemand werkt in de zorg vanwege het salaris, maar ik denk dat we wel graag voldoening willen voelen, misschien verlangen we stiekem toch naar een beetje waardering. Nu ik docent ben en zelf verzorgenden opleid biedt die ene patiënt uit mijn eigen opleidingstijd een wijze les. Erachter komen hoe je goede zorg biedt en ondertussen ook zelf overeind blijven, dat kan heel ingewikkeld zijn. De zorg is een geweldig vak voor wie graag anderen helpt, maar er is ook een schaduwkant. Je rent, je troost, je geeft om je patiënten, gaat soms buiten werktijd nog bij ze langs, maar niet iedereen is het beste af met goede bedoelingen.'

Moedige vraag

Gynaecologisch oncoloog
Frédéric Amant (51)

'Monica was ruim vier maanden zwanger toen bij haar baarmoederhalskanker werd ontdekt en vanaf dat moment streden leven en dood om voorrang. Om de kanker te bestrijden moest haar baarmoeder worden weggehaald, maar daarmee zou ze ook haar kind verliezen. Voor de tweede keer. Haar eerste kind was een paar jaar eerder veel te vroeg geboren en overleden. De operatie zou haar leven redden maar haar de kans ontnemen om ooit nog zwanger te raken.

Ze vroeg me met klem of er een mogelijkheid was om de baby te redden. Als daardoor haar behandeling minder goed zou zijn, dan moest dat maar, dat risico wilde ze nemen. De kanker was toevallig ontdekt door de verloskundige, ze had geen klachten. Dankzij haar zwangerschap was de ziekte tijdig opgespoord en ze wilde zo graag iets terugdoen: haar dankbaarheid tonen aan het kind dat ze nog niet kende maar dat haar leven had gered. Ik zat tegenover een jonge aanstaande moeder met een beginnend buikje en ik voelde zo met haar mee.

In de medische literatuur vond ik nauwelijks informatie.

Alleen een paar beschrijvingen van zwangere kankerpatiënten die waren behandeld en toch een kind hadden gekregen. Het kon dus wel. Alleen over de gezondheid van de kinderen en de kansen van de moeders was niets bekend. We moesten in een paar dagen tijd beslissen terwijl we nergens zeker van waren, maar we besloten het erop te wagen. De operatie werd afgezegd, Monica kreeg chemokuren om de tumor in bedwang te houden totdat haar kind oud genoeg was om geboren te worden.

Na een zwangerschap van tweeëndertig weken beviel ze van een zoon. In de operatiekamer werd na de keizersnede onmiddellijk haar baarmoeder verwijderd. Toen de kleine Victor gezond bleek, durfden we het aan om meer zwangere kankerpatiënten te gaan helpen. De eerste kinderen die bij ons werden geboren zocht ik meteen na de bevalling op, en elke keer als de baby in orde was verliet ik opgelucht de kraamafdeling.

Veel artsen vonden dat we riskant bezig waren. Ze verwezen alle zwangere kankerpatiënten naar ons door, uit angst dat zich problemen zouden voordoen. Die afweer is langzaam verdwenen. Want die ene moedige vraag van Monica heeft uiteindelijk de antwoorden opgeleverd die ontbraken. We zijn alle moeders en hun kinderen gaan volgen en we hebben nu aangetoond dat een kind in de baarmoeder veel kan hebben. De kinderen blijken zich in de eerste jaren na de geboorte net zo te ontwikkelen als andere kinderen. Nu zien ook andere artsen kansen voor moeder en kind. Ze bellen of mailen ons hooguit nog voor advies.

Zo heeft een moeder die er alles voor overhad om haar ongeboren kind het leven te gunnen voor honderden zwangere vrouwen grote betekenis gekregen. Monica inspireerde ons om internationaal onderzoek te gaan doen, waardoor we kennis konden verzamelen die we nu gebruiken voor andere moeders. Hoe vreselijk moet het zijn om te kiezen tussen je eigen gezondheid en het leven van je kind. Vroeger ondergingen zwangere kankerpatiënten noodgedwongen een abortus of bevielen ze veel te vroeg. Dankzij alle informatie die we de afgelopen jaren hebben verzameld kunnen we dat noodlot nu vaak afwenden. We hebben kinderen van de dood gered.

Monica is genezen verklaard, haar zoon is nu vijftien en het gaat hem goed. Iedere paar jaar is er een familiedag, dan zie ik alle kinderen en hun moeders terug. Monica is daar altijd bij. De laatste keer sprak ik er een jonge zwangere vrouw die moed en wijsheid kwam verzamelen, ze moest nog met haar chemokuur beginnen. Toen ze daar al die kinderen zag rondlopen was haar twijfel weg.'

Het laatste woord

Kinderlongarts Kors van der Ent (56)

'Het jongetje in de couveuse voerde al dagenlang een strijd op leven en dood. Hij was geboren met het syndroom van Down en had na een paar dagen een ernstige infectie opgelopen. We moesten hem beademen, gaven medicijnen om de bloeddruk op peil te houden, antibiotica om de infectie te bestrijden. Iedere dag voerden we de behandeling op, allemaal technisch geweld rondom dat kleine lijf, zóveel dat ik me afvroeg of we hem dat nog wel konden aandoen. Het haalde niets uit, hij werd almaar zieker. Op de vijfde dag, toen ik 's avonds om elf uur mijn dienst overdroeg, ben ik bewust naast zijn couveuse gaan staan om afscheid te nemen. Ik dacht: daar ga je, ik zie jou niet meer terug, morgen ben je er niet meer. Maar toen ik de volgende ochtend op de afdeling kwam, lag hij daar nog. Hij was die nacht opeens enorm opgeknapt.

Een paar jaar later werd op een zondagmiddag op de intensive care een jochie van vier binnengebracht. Een stralend gezond kind dat bij zijn opa en oma op bezoek was en bij het spelen in de tuin in de vijver was gevallen. Hij had erg lang onder water gelegen. Onderweg naar het ziekenhuis was hij met succes gereanimeerd, het hartje was weer op gang gekomen, maar hij lag in coma. We zijn de hele middag met hem bezig geweest, we hebben hem beademd, een paar keer hartmassage gegeven, medicijnen toegediend. Ik was bang dat hij het niet zou gaan redden, maar tot mijn verbazing en opluchting herstelde hij. Hij sloeg de ogen op en kon van de beademing af. Die avond stond ik ook aan zijn bed. Mijn dienst zat erop, ik zou naar huis gaan en ik kwam hem nog even gedag zeggen. En toen kreeg hij, waar ik bij stond, een hartstilstand. We hebben alles gedaan wat we konden, maar het was tevergeefs. Hij overleed waar we bij waren.

Voor mij zijn deze twee jongetjes samen die ene patiënt: twee kinderen die nu, dertig jaar later, nog altijd in mijn hoofd zitten omdat ze zoveel zeggen over de uitersten waartussen je als arts balanceert. Ik was nog in opleiding toen ze mijn pad kruisten, en zij zijn daarna voor altijd de bakens geworden in mijn carrière, ze hebben me veel geleerd over mijn rol als arts.

Als je begint als dokter denk je nog dat je veel kunt veranderen in het leven van zieke mensen, dat je met je behandelingen, je pillen en operaties van alles kunt bereiken, dat je ertoe doet. Maar dan komt er een moment waarop in één klap duidelijk wordt dat je geen almachtige figuur bent, dat lang niet alles kan wat jij wilt, dat je soms machteloos staat. Bij het eerste kind hadden we alles gedaan wat we konden, het zou sterven en bleef leven. Bij het tweede kind hadden we net zo hard ons best gedaan en gebeurde precies het tegenovergestelde. Dat is waar je tegenaan loopt als arts: je hebt allerlei technische hulpmiddelen tot je beschikking om patiënten te helpen en daar kun je ver mee komen, maar soms komt het leven onverwachts naar je toe en soms ontglipt het je heel plotseling. Wanneer dat gebeurt heb je vaak niet in de hand.

Als beginnende arts moet je ondervinden dat de medische macht over het leven beperkt is. Voor mij zijn deze kinderen daarbij het ijkpunt geweest. Deze twee jongetjes hebben me op mijn plek gezet. Ze hebben voor mij bewezen dat God over het leven het laatste woord heeft. Het past om bescheiden te zijn over wat wij kunnen toevoegen.'

Een klaterende lach

Arts voor verstandelijk gehandicapten

Marie-José van Dreumel (52)

'Hij kwam onder mijn hoede op het kinderdagcentrum waar ik kort daarvoor aan het werk was gegaan, een jongen van vijftien die ernstig meervoudig beperkt was. Verstandelijk gezien functioneerde hij op het niveau van een tweejarige, hij was ernstig spastisch en had epileptische aanvallen. Maar het was zo'n opgewekt kind. Hij had een enorm aanstekelijke lach. Zodra ik die lach hoorde werd ik vrolijk.

Na een tijdje werd hij mager. Dat zie je vaker bij kinderen met ernstige spasmen. Ze leveren lichamelijk een topprestatie omdat hun spieren continu onder spanning staan en hebben veel voedingsstoffen nodig, zeker als ze ook nog in de groei zijn. Toen hij calorierijke voeding kreeg kwam hij wat aan. Het leek beter te gaan, ik was gerustgesteld.

Maar op een dag klonk zijn lach niet meer. Hij was niet meer zo vrolijk, huilde vaker, hij gaf allerlei signalen dat het niet goed met hem ging. Hij kon ons alleen niet vertellen wat er aan de hand was, hij kende maar een paar woordjes. Met het hele team gingen we op zoek: de gedragsdeskundige, de logopedist, de fysiotherapeut, allemaal probeerden ze de oorzaak te achterhalen. Kreeg hij te veel prikkels of juist te weinig? Was er thuis iets veranderd? Zat hij wel goed in zijn rolstoel? Het leverde niets op. Ik onderzocht hem lichamelijk, maar ook ik vond niets wat zijn verdriet kon verklaren.

Totdat we ontdekten dat hij ontzettend moeilijk slikte. Wij slikken ons voedsel vaak gedachteloos door, maar om goed te kunnen slikken heb je meer spieren nodig dan om te kunnen lopen. Door zijn ernstige spasmen kreeg hij een hap pas na vier, vijf keer slikken weg. Elke maaltijd kostte hem zoveel energie dat hij daarna heel lang moest bijkomen. Eigenlijk was hij de hele dag bezig met eten en uitrusten. Er was geen tijd en energie meer over om dingen te doen die hem plezier bezorgden. In overleg met de ouders besloten we om operatief een voedingssonde in zijn maag te laten plaatsen. Het bleek de juiste beslissing: zijn humeur klaarde op, hij werd weer de vrolijke jongen die we kenden.

Een halfjaar later ging ik aan het einde van mijn werkdag nog even langs op het kinderdagcentrum, waar een muziekuitvoering was georganiseerd. Ik keek naar de ouders in de zaal, en de kinderen op het podium, allemaal zo zichtbaar gehandicapt: overal rolstoelen, kinderen met spasmen, kinderen met een helmpje op tegen het vallen. En daartussen die ene jongen, die zich uitleefde op zijn instrument.

En toen kwam een van de kinderen naar me toe. Hee, dokter Marie-José, zei hij verbaasd, wat doet u nou hier? Hij keek rond, liet zijn blik op het podium rusten en vroeg toen: maar er is hier toch niemand ziek?

En op dat moment realiseerde ik me: hier doe ik het voor. Dit kind had een heel andere kijk op ziek zijn. Dan lag je in je bed en kon je niks. Met die jongen op het podium, met wie we medisch gezien zo hadden getobd, was voor zijn gevoel niets aan de hand. Hij maakte zo goed duidelijk waar het in ons vak om draait. Ons werk verschilt van dat van de meeste andere artsen: we kunnen een verstandelijke handicap niet genezen, maar we kunnen wel proberen de klachten te verlichten die door de handicap ontstaan. Met zijn allen deze groep mensen een zo goed mogelijk leven bieden: dat is ons doel.

Het is al lang geleden, ik was nog maar net met mijn werk begonnen, maar die middag is me altijd bijgebleven. Vanaf het podium klonk weer die klaterende lach en door die ene opmerking werd me duidelijk: hier ligt mijn hart.'

Doorzetter

Kinderarts-intensivist
Dick Tibboel (66)

'We zagen het meteen toen ze werd geboren, de afwijkingen in haar gezicht, de ondiepe oogkassen, de uitpuilende ogen. Kirsten had een syndroom waarbij de schedelnaden te snel sluiten, waardoor er te weinig ruimte in haar hoofd was ontstaan en haar gezichtsvorm was aangetast. Daarnaast had ze een ernstige afwijking aan haar luchtpijp, we moesten een buisje onder haar strottenhoofd plaatsen waardoor ze kon ademen.

In de eerste jaren van haar leven hebben we haar heel vaak geopereerd. Er waren momenten dat het zo slecht met haar ging dat ze hier met zwaailicht en sirene werd binnengebracht, momenten waarop we ons afvroegen of ze het wel zou gaan halen. De kraakbeenringen rondom haar luchtpijp waren niet goed aangelegd, een zeldzaam verschijnsel dat ons hoofdbrekens bezorgde. We raadpleegden experts in de hele wereld, maar niemand wist met zekerheid hoe we het moesten aanpakken. Af en toe moesten we het buisje in haar luchtpijp verwisselen en dan was ze elke keer zo angstig.

Ondanks alle reconstructies bleef haar gezicht afwijkend, zo sterk dat ze werd aangegaapt en nagestaard, overal waar ze kwam. Haar moeder vertelde me dat ze een keer een bus zag stoppen omdat de passagiers haar eens goed wilden bekijken. Natuurlijk heeft ze het oordeel van de buitenwereld gevoeld, het gesmoes achter haar rug. Wat moet dat zwaar zijn geweest voor een opgroeiend meisje. Hoe maak je contact? Ga je naar een feestje? Krijg je wel een vriendje? Maar ik ben onder de indruk geraakt van de manier waarop zij in het leven staat. Ze is zo blijmoedig, ze kijkt om zich heen met een blik die zegt: zo zie ik er nu eenmaal uit, had je wat?

Ze is verpleegkundige geworden, ze had erg graag hier willen werken, op de intensive care waar ze zo vaak heeft gelegen. Maar door alles wat ze heeft meegemaakt draagt ze multiresistente bacteriën bij zich die we hier niet kunnen gebruiken. Ik vond het moeilijk om nee tegen haar te zeggen. Als er iemand is die ik alle kansen gun, dan is zij het wel. Ze werkt nu op een woongroep met gehandicapte kinderen.

Toen ze klein was heeft ze regelmatig op de rand van het leven gezweefd. We hebben vaak gedacht: nu is het voorbij. Maar ze heeft het elke keer weer gered, het was alsof zij ons op sleeptouw nam. De natuur is soms mild. Nee, niet toen ze geboren werd, maar wel daarna. Toch hebben we ons vaak afgevraagd wat we haar aandeden. Ze doorstond alle zware ingrepen, maar ze moest met haar uiterlijk wel zien te overleven in een vijandige buitenwereld. Zou ze ons niets gaan verwijten later, zou ze ons niet kwalijk gaan nemen dat we haar hadden gered?

Die vrees heeft ze volledig weggenomen. Tegen onze

verwachtingen in bleek ze juist enorm dankbaar dat we, ondanks onze twijfels, altijd alles hebben gedaan om haar in leven te houden. Ze stuurde ons regelmatig ansichtkaarten, als ze overging naar de volgende klas bijvoorbeeld, of als ze op vakantie was. Haar ouders waren trots op haar en hebben haar nooit verstopt.

Een paar jaar geleden hebben we het buisje uit haar keel gehaald. Ruim twintig jaar lang durfden we dat niet aan omdat we bang waren van alles te beschadigen, maar het ging goed, het gaatje is dichtgegroeid en ze kan nu via haar mond ademen. Het heeft ons laten zien dat je soms de tijd moet nemen, en niet altijd meteen moet ingrijpen.

Ik ken Kirsten nu tweeëndertig jaar en haar verhaal is dat van een enorme doorzetter. Nooit ben ik een patiënt tegengekomen met zo'n sterke wil om te leven.'

Bij de hand

Neuroloog Rien Vermeulen (71)

'Hij was een huisarts in ruste, een dokter van de oude stempel die dag en nacht voor zijn patiënten had klaargestaan. Een man die tijdens het kerstdiner vaak werd weggeroepen voor een spoedgeval en mij met een knipoog vertelde dat daar ook voordelen aan zaten. Een tijdlang was hij bij mij onder behandeling geweest, maar nu had hij mijn hulp niet meer nodig, dus had ik hem overgedragen aan zijn eigen huisarts.

Drie maanden later zat hij weer tegenover me, met een nieuwe klacht. Hij had de laatste tijd wat moeite met lopen, vertelde hij, maar toen ik doorvroeg zocht hij steeds naar antwoorden, alsof hij die ter plekke moest bedenken. Een paar maanden later was hij terug, met weer een probleem dat ik niet kon duiden. De derde keer besefte ik: hier klopt iets niet. Ik moest mijn vermoedens met hem bespreken. Ik denk, zei ik voorzichtig, dat u uw klachten verzint. Hij ging achterover zitten, keek me aan en zei: dat klopt.

Hij wilde niet bij me weg, vertelde hij me, omdat hij me vertrouwde. Zijn huisarts werkte als een ambtenaar, zei hij, van negen tot vijf, en wilde zijn patiënten zo snel mogelijk de deur uit hebben. Dat botste zo enorm met hoe hij zijn vak had uitgeoefend. Hij vond het overdreven om het artsenvak als een roeping te zien, maar het stond volgens hem wel heel ver af van beroepen waarin een ambtenarenmentaliteit volstaat. Hij had altijd geweten waar de specialisten zaten die hij kon vertrouwen, en die werkten niet allemaal in hetzelfde ziekenhuis, wist hij. Hij had zijn patiënten altijd alleen naar die artsen doorverwezen en ze ook uitgelegd waarom. Nu hij met pensioen was dreigde hij dat overzicht te verliezen, terwijl hij die kennis weleens dringend voor zichzelf nodig zou kunnen hebben. Hij ging ervan uit dat ik hem altijd naar de juiste collega's kon doorsturen en daarom wilde hij een lijntje houden.

Ik sprak met hem af dat hij gewoon af en toe langs kon blijven komen en dat hij daarvoor geen klachten hoefde te verzinnen. Vertel maar over je praktijk, zei ik.

Hoezeer hij op mij leunde werd duidelijk toen ik op een ochtend in het ziekenhuis aankwam en er een groot papier op mijn deur hing: *Met spoed de cardioloog bellen*. De huisarts was binnengebracht met hartritmestoornissen, de cardioloog had hem medicatie willen toedienen, maar daar had hij niets van willen weten. Geen sprake van, had hij geroepen, eerst overleggen met Vermeulen. De cardioloog had nog tegengesputterd: dat is een neuroloog, hij weet niets van harten. Maar de huisarts bleek niet te vermurwen. De cardioloog was woedend en dat kon ik me voorstellen. Ik heb hem onmiddellijk laten weten dat het in orde was.

Ik heb geleerd dat je mensen soms bij de hand moet nemen. Patiënten denken tegenwoordig vaak dat ze autonoom zijn en zelf keuzes kunnen maken, maar is dat wel zo? Als een oud-huisarts daar al moeite mee heeft, zouden niet-medici dat dan wel kunnen? Er is geen goede informatie over waar patiënten het beste terechtkunnen, ranglijsten van ziekenhuizen en van de beste dokters zijn onzin. Artsen moeten patiënten helpen om hun weg te vinden, maar dat kan alleen als er een vertrouwensband is. Door deze huisarts ben ik gaan inzien hoe belangrijk dat vertrouwen is.

Jarenlang heb ik elke drie maanden met hem afgesproken. Het waren gesprekken waar ik zeer naar uitkeek. Hij vertelde over vroeger, over zijn vak en zijn patiënten, het leverde elke keer weer prachtige anekdotes op. Zo hield hij het idee dat ik er voor hem was. Tot mijn genoegen is hij uiteindelijk heel oud geworden.'

Extra tijd

Longarts Wouter van Geffen (33)

'Ze was met rugklachten bij de huisarts langsgegaan, maar wie denkt er bij een niet-rokende levenslustige vrouw van begin twintig nou aan het allerergste? Toen ze benauwd werd en er een scan werd gemaakt, kwam aan het licht wat er aan de hand was: ze had een zeldzame, agressieve vorm van longkanker, met forse uitzaaiingen. De ziekte joeg door haar lichaam. Ze werd blind. De kankercellen tastten haar ruggenwervels aan, waardoor ze een dwarslaesie opliep.

Ze had al chemokuren en bestralingen achter de rug toen ze bij mij op het spreekuur kwam. Er was net een nieuw middel op de markt dat voor haar type kanker geschikt was en dat zouden we haar geven. Genezing was uitgesloten, maar mogelijk konden we haar daarmee wat meer tijd geven. Ze was nog maar een paar dagen bezig met dat medicijn toen haar nóg meer onheil overkwam: ze kreeg een zware longontsteking. De antibiotica die we haar toedienden hadden even tijd nodig om aan te slaan, maar die tijd was er niet. Ze had het zo benauwd dat ze nauwelijks nog zuurstof binnenkreeg en we wisten wat dat zou betekenen: ze zou steeds oppervlakkiger gaan ademen en de afvalstoffen in haar longen niet meer kwijtraken. Als we niets deden zou ze die avond nog overlijden.

Er was maar één optie om haar door de nacht te krijgen en de dagen erna te trotseren: we moesten haar gaan beademen met een kap, een masker dat strak over neus en mond wordt bevestigd. Maar ernstig zieke patiënten verdragen die kap vaak niet, de machine neemt de ademhaling over en dat is erg vervelend. Ze had nog een kans, maar die was erg klein. Aan haar bed heb ik hevig staan twijfelen. Als de beademing niet goed ging zouden we haar lijden alleen maar verlengen. En als het wel zou lukken, betekende de extra tijd voor haar dan ook kwaliteit? Ik dacht alleen maar: zijn we wel goed bezig? Ze hoort lol te maken, in de kroeg te staan, een leuk leven te hebben.

Ik vertelde haar dat het er niet goed uitzag. Ze hapte naar lucht, kon maar een paar woorden achter elkaar zeggen, maar ze was vastbesloten. Ik wil door, zei ze. Wat er daarna gebeurde, vergeet ik nooit meer. Ze verdroeg de beademing, de antibiotica deden hun werk en daarna sloeg ook het nieuwe kankermedicijn aan. De tumorcellen werden teruggedrongen, al na een paar dagen kon ze weer wat zien, rechtop zitten en haar benen bewegen, en was ze niet meer incontinent. Ze is naar huis gegaan en heeft nog anderhalf jaar geleefd, extra tijd die haar voldoening gaf. En voor deze vrouw, die vocht voor elke dag, was dat een heel leven.

Dat moment aan haar bed heeft mijn ogen geopend. Ik had mijn oordeel klaar over de kwaliteit van haar bestaan, maar die kwaliteit had voor haar een heel andere inhoud gekregen. We zeggen zo makkelijk: als ik verlamd raak, of als ik aftakel, dan hoeft het niet meer, maar die grens trekken we vaak als we nog gezond zijn. Nu besef ik dat we pas kunnen overzien hoe ver we willen gaan als ons overkomt waar we vooraf zo bang voor waren. En als het eenmaal zover is, heb ik geleerd, verschuift de grens. Ik weet nu hoe moeilijk het is om als gezond mens, en dus ook als dokter, te beoordelen wat kwaliteit van leven inhoudt en waar die ophoudt. Wat voor ons niks meer voorstelt kan voor een zieke de hele wereld betekenen.'

Gewetensvraag

Verloskundige Marianne Wigbers (54)

'Het was haar eerste kindje en niets wees op problemen. Kort daarvoor was ze met haar man naar ons dorp verhuisd. Ze hadden allebei een drukke baan, een vol leven. Twee mensen met een carrière, afkomstig uit de grote stad, ik schatte ze anders in, dat geef ik toe, en werd verrast door de beslissing die ze zouden nemen.

Bij de eerste echo leek alles nog in orde. Maar toen ze in het naburige ziekenhuis de twintigwekenecho liet maken, belde de gealarmeerde echoscopist onmiddellijk de gynaecoloog. Die zag op de beelden al snel wat er aan de hand was: de ongeboren baby had een open buik. Er zat een gat bij de navel waar de darmen doorheen kwamen. Die lagen in een vlies buiten het lijfje. Het kindje had bovendien een hartafwijking. Hij stelde vrijwel meteen voor om de zwangerschap af te breken. Dit is ernstig, zei hij, je kunt het nu nog laten weghalen.

Er zijn ouders, weet ik, die liever geen kind met een handicap willen en tot een abortus besluiten als de echo een afwijking aantoont. De samenleving lijkt ook kritischer geworden. Wie nu nog een kind met downsyndroom krijgt moet zich bijna verantwoorden. Maar deze jonge ouders reageerden heftig, bijna emotioneel op het voorstel van de gynaecoloog. Weghalen? Daar was geen discussie over mogelijk. Dat gaat níét gebeuren, zeiden ze.

Hun kindje werd geboren op Bevrijdingsdag. Het was een meisje, ze noemden haar Fenne. Ik was er niet bij, de bevalling vond plaats in het academisch ziekenhuis een stuk verderop. Omdat ik voor een vergadering van onze beroepsvereniging in de buurt was besloot ik langs te gaan. De jonge moeder lag nog bij te komen van de bevalling, de baby was meteen geopereerd. De ingreep was veel eenvoudiger geweest dan de artsen hadden ingeschat. Het gat in de buik was gesloten. De hartafwijking bleek mee te vallen.

We hebben het er daarna nog vaak samen over gehad: zij waren zo sterk dat ik me gesterkt voelde. Zij kozen voor het leven van hun kind en gaven daarmee een krachtige boodschap af, een antwoord op de gewetensvraag die meer jonge ouders te verduren krijgen. Nu prenataal onderzoek veel afwijkingen aan het licht kan brengen, en de beslissing voor een abortus begrip ontmoet, lijkt het alsof de wereld maakbaar is geworden. Maar als ongeboren kinderen een handicap hebben, betekent dat niet dat hun leven waardeloos is. De mogelijkheid om hun kind niet geboren te laten worden kwam in deze aanstaande ouders niet eens op.

Je moet best sterk in je schoenen staan als een gynaecoloog zo'n sombere boodschap brengt en een abortus oppert. Je weet bovendien helemaal niet wat je te wachten staat, hoe ernstig de handicap zal zijn. Ik ging ervan uit dat een kind met een handicap niet in het leven van deze hardwerkende mensen zou passen, maar daar heb ik me echt in vergist. Het heeft mij geleerd dat wij nooit vooruit kunnen lopen op andermans keuze.

Ik heb weleens overwogen om de gynaecoloog aan te spreken op zijn opmerking van toen. De problemen die hij voorzag zijn uitgebleven. Fenne is nu een lief en vrolijk meisje van acht jaar. Ze mist aan één kant haar buikspieren, maar daar kan ze, dankzij fysiotherapie, mee omgaan. Over de hartafwijking is ze heen gegroeid. Als het maar gezond is: hoe vaak dat niet gezegd wordt tegen aanstaande ouders. Het is een wens die we veel te makkelijk uitspreken, weet ik nu, een gedachte waar niks van klopt. Deze ouders hebben me laten zien hoe groot en onvoorwaardelijk de liefde voor een kind kan zijn.'

Klein succes

Verpleegkundige Joost Meesters (33)

'Richard was teamleider anesthesie van het ziekenhuis hier in de buurt, een man die geweldig kon organiseren en die zich in dertig jaar tijd had opgewerkt tot een onmisbare schakel bij het samenstellen van alle operatieschema's. Een paar jaar geleden begon het zijn collega's op te vallen dat hij dingen vergat. Toen hij merkte dat hij de regie begon kwijt te raken besloot hij aantekeningen te gaan maken. Zijn vrouw vond later notitieboekjes terug die hij had volgeschreven vér voordat zij de eerste signalen oppikte. Zijn vergeetachtigheid moet veel langer hebben gespeeld dan zij vermoedde.

Het duurde een poos voordat de diagnose werd gesteld. Wie denkt er bij een man van nog geen zestig nou aan alzheimer? Een tijdlang ging hij naar de dagbehandeling, totdat het thuis echt te zwaar werd en hij hier een plek kon krijgen, op onze afdeling voor jongdementerenden. Op de dag van de opname zaten we hem hier met zijn hele familie op te wachten, hij kwam binnen en maakte er een groot feest van. Hij gaf iedereen een hand, bedankte ons dat we waren gekomen, de glimlach week niet van zijn gezicht. Zijn vrouw vertelde hem dat hij voortaan hier zou gaan wonen en daar moest ze om huilen. En toen sloeg hij een arm om haar heen en troostte haar, zonder te beseffen waar haar verdriet over ging. Het was zo aandoenlijk, zijn houding trof me. De ziekte van Alzheimer wordt gezien als een pad vol ellende, maar hij liet ons even het tegendeel geloven.

We kwamen er al snel achter dat we hem hadden overschat, hij was verder weg dan we dachten. Ik kreeg weinig van hem gedaan. Hij reageerde vaak bozig als ik hem wilde helpen, ik was in zijn ogen de snotneus die net kwam kijken. Toen heb ik, samen met mijn collega's, besloten om het anders aan te pakken. Deze man, ooit de grote planner van het ziekenhuis, de organisator van personeelsfeestjes, spil van de carnavalsband, gangmaker in een grote vriendengroep, moest zijn rol als manager terugkrijgen. Goh Richard, zei ik dan terwijl ik naar zijn schoenveters tuurde: hoe pak ik dit nou aan? En dan gaf hij aanwijzingen zodat ik zijn schoenen kon uittrekken. Of ik reikte hem een pot appelmoes aan die open moest en als het hem dan lukte om de deksel eraf te krijgen, schonk hij ons een grote glimlach. Kort na zijn opname werden hier nieuwe wasmachines geïnstalleerd. Hij had stukjes uit de krant gescheurd en gesorteerd en stond, paperassen in de hand, de monteurs aanwijzingen te geven. Hij leefde helemaal op. Als we met ons team even op de gang staan te overleggen, komt hij er soms bij staan en dan knikt hij en wijst hij wie wat moet doen.

Wij zien op onze afdeling veel mensen die de wereld niet meer begrijpen maar er nog middenin staan. Ze hebben vaak nog jonge kinderen die langzaam hun vader verliezen, een partner die nog een leven voor zich heeft en dat ineens heel anders moet invullen. Samen proberen we de ellende van alzheimer een mooi randje te geven. Richard heeft mij laten zien dat de ziekte niet gitzwart hoeft te zijn, dat het mogelijk is om geluksmomenten te bereiken. Dementie maakt het alleen nodig om genoegen te nemen met klein succes. Zo'n glimlach boven een pot appelmoes is onbetaalbaar.

Toen hij laatst wilde gaan slapen liep hij in gedachten zijn kamer voorbij. Ik riep hem terug. Je was toch moe? zei ik. O ja, antwoordde hij, nou ja, ik vergeet ook weleens wat. En toen moesten we allebei heel hard lachen.'

Levenslust

Dierenarts Ko Schoenmakers (52)

'Het hondje kwam uit Roemenië, waar het kort na de geboorte een dwarslaesie had opgelopen. Het dier was ernstig gehandicapt: haar achterpootjes waren verlamd en ze was incontinent. Ze was gered door een Nederlandse vrouw die haar had geadopteerd en haar liefdevol opving. Elke dag deed ze het hondje een luier om. Ze had een karretje laten maken, een minirollator waar het dier met haar achterpootjes in hing, zodat het toch kon rondlopen. Dat ging een tijdlang goed, totdat de twee verlamde pootjes begonnen te slijten. Haar pootjes, die de hele dag krachteloos over de vloer sleepten, gingen kapot en raakten ontstoken. Het hondje voelde geen pijn en begon erin te bijten. Dat kon niet langer, er moest iets gebeuren.

De dierenarts die ze raadpleegde vertelde haar dat ze de twee pootjes kon laten amputeren, maar dat zou aardig wat geld gaan kosten. Ze kon het beestje ook laten inslapen, het was al zwaar beschadigd, dus de toekomst zou vermoedelijk niet veel goeds brengen. Ze vroeg mij of ze langs mocht komen voor een second opinion.

Ik was sceptisch toen ik het verhaal hoorde. Een beestje in een karretje met een luier om, moesten we dat nou nog gaan oplappen? Was dat in het belang van het dier? Sloegen we niet door?

En toen stak het hondje hier haar kop om de hoek van de deur, een jonge lichtbruine terriër met een olijke snoet. Ze straalde zo'n enorme levenslust uit, ze scheurde in haar karretje naar binnen, van de twee bungelende pootjes in de achterbak leek ze geen enkele last te hebben. Ik keek in twee sprankelende oogjes en twijfelde geen moment meer: dit dier moesten we echt helpen.

Via crowdfunding hebben we geld ingezameld om haar zo goed mogelijk te kunnen behandelen. Wij hebben de operatie gratis gedaan, alleen de materiaalkosten gerekend, en een prothesemaker was bereid om tegen kostprijs protheses op maat te maken. Die waren nodig om de stompjes te beschermen en om het achterlijfje goed in de kar te kunnen vastzetten. Het rollatortje werd aangepast.

Het werd een groot succes. Het hondje kon daarna nog harder scheuren met dat karretje, zo hard dat ze af en toe ergens achter bleef haken. Dan zette ze de kar even in zijn achteruit om vervolgens weer keihard verder te racen. Geniaal om te zien hoe een dier zich aanpast aan de omstandigheden.

Het komt vaker voor dat een dier emoties bij me oproept, maar het moment waarop dit hondje mij aankeek vergeet ik nooit meer. De blik in haar ogen was zo krachtig dat ik in één klap om was. Door deze vrolijke terriër ben ik gaan inzien dat ik in mijn werk mag vertrouwen op wat ik voel en zie. Natuurlijk moet ik kritisch blijven, en me altijd blijven afvragen of ik een dier met een zware behandeling wel verder help, maar mijn gevoel mag daarbij leidend zijn. Net als dieren zelf doen: die gaan ook altijd af op hun instinct.

Het hondje is inmiddels mijn patiënt geworden. Het is nu twee jaar geleden dat ze hier mijn spreekkamer binnenrende en het gaat haar goed. Ik moest haar baasje een advies geven over leven en dood, en dat voelde als een zware verantwoordelijkheid. Nu weet ik dat ik de juiste beslissing heb genomen en iedere keer als ik dat hondje weer zie, zo speels en opgewekt, lijkt het alsof ze mij daarvoor beloont.'

Misvatting

Anesthesioloog Rob Slappendel (58)

'Ze kwam om een uur of tien 's avonds binnen op de spoedeisende hulp, buiten bewustzijn, onder het bloed, haar gezicht verwoest en botbreuken in haar hele lichaam. Een zelfmoordpoging, zeiden de ambulancemedewerkers, ze was van de achtste verdieping van een flat naar beneden gesprongen. Haar man bevestigde dat verhaal. Razendsnel werd ze naar de operatiekamer gebracht, waar een uitgebreid team klaarstond om haar leven te redden.

Ik zat in het tweede jaar van mijn anesthesieopleiding maar mocht al zelfstandig dienst draaien en zo hield ik haar die hele nacht op de operatietafel in de gaten terwijl de chirurgen aan één stuk door werkten. De algemeen chirurg, de vaatchirurg, de plastisch chirurg, de kno-arts, de neurochirurg, de kaakchirurg, ik heb nog nooit zoveel artsen zien komen en gaan. Halverwege de nacht begon ik me af te vragen wat al die inspanningen voor zin hadden. Hier lag een jonge vrouw die dood wilde en wij waren uit alle macht bezig om de opgelopen schade te repareren. Wat nutteloos om daar zoveel energie aan te besteden. Om acht uur 's morgens werd ik afgelost, de chirurgen waren nog lang niet klaar.

Toen ik om zes uur 's avonds aan een nieuwe dienst begon, waren ze nog altijd bezig. Ik begon me te realiseren dat zo'n langdurige narcose risico's met zich mee kon brengen en besprak mijn twijfels met mijn supervisor. Die kwam kijken en besloot dat de grens was bereikt: vierentwintig uur nadat we waren begonnen werd de operatie stopgezet. Ik bracht haar naar de intensive care en hield haar de dagen erna in de gaten. Ze werd beademd, maar ze had de narcose goed doorstaan. Daarna verdween ze uit mijn gedachten.

Totdat ik twee maanden later stage ging lopen op de intensive care. Ik nam de dossiers door van alle patiënten en kwam opeens mijn eigen narcoseverslag tegen. Het zat in het dossier van die jonge vrouw, ze lag er nóg. Ze had zware complicaties opgelopen, een aantal ernstige infecties doorstaan, ze werd nog altijd beademd en was buiten bewustzijn. Wat een tijdverspilling allemaal, dacht ik.

Na een paar maanden ging het langzaam beter met haar, ze kon van de beademing af. Goed nieuws, dachten we, maar nadat we haar man op de hoogte hadden gebracht merkten we dat hij opeens minder vaak op bezoek kwam. Op de dag dat we het beademingsbuisje uit haar keel haalden was ze snel helder. Voor het eerst in maanden konden we met haar praten en haar eerste woorden overrompelden ons compleet. Ze zei: ik ben door mijn man van het balkon geduwd.

We waren verbijsterd. Al die maanden waren we in de veronderstelling geweest dat ze een zelfmoordpoging had gedaan. Vanuit haar bed heeft ze aangifte gedaan, politieagenten kwamen naar het ziekenhuis om haar verhaal te noteren. Haar echtgenoot werd opgepakt en gaf de poging tot moord vrij snel toe.

Ik heb me diep geschaamd voor alle negatieve gevoelens die ik over haar heb gehad. Vanaf de nacht van de operatie tot het moment dat ze van de beademing af kon had ik me afgevraagd wat voor nut haar behandeling eigenlijk had. Wat een misplaatste opvatting was dat. Vanaf dat moment is mijn inzet voor patiënten compleet veranderd. Leeftijd, geslacht, beroep of voorgeschiedenis, of het nou om moord gaat of zelfmoord, ik realiseer me sindsdien dat iedereen hulp verdient. De onverwachte wending rond deze jonge vrouw heeft niet alleen de uitoefening van mijn vak veranderd maar ook mijn kijk op het leven. Ik verdiep me nu veel meer in de achtergrond van mensen, in wat hen werkelijk beweegt.'

Tijdgebrek

Huisarts Janny Dekker (67)

'Mijn collega was met zwangerschapsverlof en ik had gezegd dat ik tijdens haar afwezigheid de zorg voor een deel van haar patiënten wilde overnemen. Het was te overzien, ze zou vier maanden weg zijn, maar ik merkte al snel dat ik het veel te druk kreeg. Ik maakte lange dagen en had ook nog een onderzoeksbaan aan de universiteit. Achteraf zie ik in dat ik mezelf overschatte, ik vond dat ik dat extra werk erbij moest kunnen doen.

In die periode kwam er een oudere vrouw op het spreekuur. Ik kende haar goed, sinds de dood van haar man, een paar jaar eerder, had ze iets triests over zich. Ze vertelde dat ze bloed in haar ontlasting had, ze dacht zelf dat het door aambeien kwam, want die had ze eerder gehad. Ik heb haar onderzocht, wat ze zei klopte, ik heb het erop gehouden dat daar haar bloedverlies vandaan kwam. Ze zag bleek, realiseerde ik me later, maar dat schoof ik naar de achtergrond. Ik had het te druk om goed tot me te laten doordringen dat ze er slecht uitzag, het spreekuur was al flink uitgelopen. Ik dacht: ze eet wellicht slecht, logisch als je het leven niet meer zo leuk vindt.

Ik zag haar daarna nog een keer voor een bloeddrukcontrole, maar ze kwam niet terug op het bloedverlies. Ik had haar moeten vragen hoe het ging, maar ik was blij dat het gesprek kort bleef zodat ik wat tijd kon inlopen. Later zei ze dat ze wel had gemerkt dat ik het erg druk had. Het was een nuchtere Groningse, een vrouw van weinig woorden. Ze wilde *nait soezen*, niet zeuren.

En toen kwam ze een paar maanden later terug, ze was moe en erg afgevallen. Ze bleek bloedarmoede te hebben. Een darmonderzoek maakte duidelijk wat de oorzaak was: darmkanker, met uitzaaiingen naar de lever. Er was niets meer aan te doen.

Ik ging naar haar toe om de uitslag te brengen, met lood in de schoenen. De nacht ervoor had ik er slecht van geslapen. Ik voelde me schuldig omdat ik niet meteen onderzoek had laten doen. Misschien had het voor de prognose niets uitgemaakt als de ziekte een paar maanden eerder was ontdekt, daar stelde ik mezelf dan maar mee gerust, maar toch: er waren signalen geweest die ik had genegeerd.

Ik had verwacht dat ze me verwijten zou maken, maar er gebeurde iets heel anders. Ze zag hoezeer het me aangreep en ze begon mij op te beuren. Ach dokter, zei ze, trekt u het zich niet zo aan, dat is echt niet nodig. Voor haarzelf vond ze het allemaal niet zo erg: ze was alleen en al op leeftijd en ze had tot haar man overleed een goed leven gehad.

Ze draaide de rollen om: ik, die was gekomen om haar te troosten, werd nu zelf getroost. Ik was heel erg opgelucht door haar woorden, ongelooflijk dat ze zoveel begrip kon opbrengen. Maar ik realiseerde me ook dat de grote drukte die ik vrijwillig had geaccepteerd mij minder alert had gemaakt. En zo heeft zij me een belangrijke les meegegeven, me duidelijk gemaakt dat ik niet te veel over mijn grenzen moet laten komen. Ik heb een coach gezocht, die me heeft geleerd dat ik eerder nee moet zeggen, dat minder doen vaak leidt tot meer kwaliteit.

Als ik het nu toch weer eens te druk heb, denk ik terug aan die bijzondere Groningse patiënt. Zij heeft me doen inzien dat er in het leven tijd moet zijn om te reflecteren, tijd om na te denken en om terug te kijken.'

Diepe rust

Specialist ouderengeneeskunde
Jan Lavrijsen (58)

'Ze lag al ruim vijf jaar in het verpleeghuis, een vrouw van begin veertig die na een ernstig ongeluk en complicaties in het ziekenhuis niet meer bij bewustzijn was gekomen. Toen ik ruim dertig jaar geleden als jonge dokter begon, lagen patiënten zoals zij overal in achterafkamertjes in verpleeghuizen; een vergeten groep, uit het zicht van de medische wetenschap. Een uitzichtloze situatie die soms twintig, dertig jaar kon duren.

Overdag had ze haar ogen open, maar doelgericht contact was niet mogelijk. Ze was vaak onrustig, en er was regelmatig sprake van ongecontroleerd dwanghuilen. Ondanks de inzet van een fysiotherapeut waren haar armen, handen en vingers kromgetrokken. Ze kreeg voeding via een neussonde, maar dat slangetje braakte ze steeds weer uit met veel slijm en soms bloed. Dan werd ze hevig benauwd en liep ze blauw aan. We vreesden soms dat ze erin zou stikken, dat ze een keer op een mensonwaardige wijze zou komen te overlijden.

Het werd voor iedereen een kwelling om de sonde steeds

weer opnieuw in te brengen. Er was een mogelijkheid om de voeding via een opening in haar maag toe te dienen, maar daarvoor moest ze worden geopereerd. Was dat wel in haar belang? Verlengden we daarmee haar uitzichtloze toestand niet? We zijn gaan praten met haar familie en met haar huisarts. Hun antwoord was duidelijk: dat zou ze niet hebben gewild.

We hebben uitvoerig overlegd, met collega-artsen, met het hele team, een geestelijk verzorger, een ethicus en een jurist, en uiteindelijk besloot ik dat we haar niet zouden laten opereren. De eerstvolgende keer zouden we de sonde niet meer terugplaatsen. Tegen de familie heb ik gezegd dat ik daar verantwoordelijk voor was, dat verder doorbehandelen medisch niet zinvol was.

We wisten niet of het wel mocht, zo'n behandeling stopzetten. Er was geen voorbeeld, geen jurisprudentie bekend. Ik herinner me het moment dat de verpleegkundige mij belde om te vertellen dat de sonde er weer uit was. Maanden hadden we het erover gehad, toen moest gaan gebeuren wat we zo lang hadden voorbereid. Ik ben naast het bed gaan zitten, alleen, en ik heb haar uitgelegd wat ik ging doen. Ik moest voelen dat ik die beslissing kon dragen en ook kon volhouden. Het was een ultieme poging tot contact. Ik heb haar verteld dat ik ervan overtuigd was dat het voor haar de beste oplossing was.

Er daalde een diepe rust over haar heen. Na een week is ze waardig overleden, ruim zes jaar na het ongeluk dat haar het bewustzijn ontnam. De familie was verdrietig maar opgelucht. Justitie concludeerde na onderzoek dat alles zorgvuldig was verlopen.

Het indrukwekkende verhaal van deze vrouw heeft mijn kijk op het vak veranderd. Naast haar bed heb ik mezelf een fundamentele vraag gesteld: hoe help ik haar het beste, wat kan ik als dokter nog voor haar betekenen? Het antwoord op die vraag en de consequenties die wij daaraan verbonden hadden een omslag in het denken tot gevolg. De vraag moest niet langer zijn: ben ik gelegitimeerd om te stoppen? Maar: mag ik als arts wel doorgaan zonder concreet behandeldoel en zonder zeker te weten dat de patiënt daar toestemming voor zou geven? We hebben artsen opgeleid in verpleeghuizen, we zijn onderzoek gaan doen en we zoeken nu uit wat de beste zorg is voor mensen met langdurige stoornissen van het bewustzijn.

Zo staat deze vrouw, moeder van een gezin, aan de wieg van ons vakgebied. Ze heeft mij de essentie doen inzien van mijn rol als dokter, van de bedoeling van de geneeskunde: iedere dag weer moeten we bekijken of het zinvol is wat we doen. Goede artsen weten niet alleen wanneer ze moeten beginnen met behandelen maar ook wanneer en hoe ze moeten stoppen, dat is wat ik lang geleden van haar heb geleerd. Soms kan het een goede beslissing zijn om iets niet te doen.'

Afgewezen

Medisch maatschappelijk werker
Tineke Westdijk (56)

'De verpleegkundige die me belde klonk zenuwachtig, bijna in paniek. Ze had net geholpen bij een bevalling en de baby had het downsyndroom. Je moet nu komen, zei ze, de moeder wil er niks mee te maken hebben, ze wil het kindje niet. De verloskamers waren op de zesde verdieping van het ziekenhuis, ik pakte de lift en had maar een paar minuten om na te denken. Wat moest ik doen? Ik had geen idee wat ik kon verwachten.

Toen ik de kamer binnenkwam, lag de moeder met haar rug naar haar kind toe, ze weigerde om het te zien. De vader liep op me af en nog voordat hij zich voorstelde sprak hij een zin uit die me nu, na twintig jaar, nog altijd kippenvel bezorgt. Hij zei: dit vogeltje moet uit het nestje.

Ik keek naar de baby, het was een meisje. De verpleegkundige liep onrustig heen en weer. Ze had al geprobeerd de moeder te overtuigen, ze had gezegd dat kinderen met Down ook lief en vrolijk kunnen zijn, maar dat had allemaal niet geholpen.

Ik heb eerst rustig met ze gepraat. De moeder was verdrietig maar vooral boos. De hele zwangerschap had ze het idee gehad dat er iets niet klopte, ze had een sterk voorgevoel dat haar kindje een afwijking had, maar de verloskundige had haar zorgen voortdurend weggewimpeld. Het was in een tijd dat er nog nauwelijks prenatale screening bestond. Ze was jong, de controles wezen niet op problemen, er was geen aanleiding geweest voor extra onderzoek. En nu bleek dat ze al die tijd gelijk had gehad. Waarom had de verloskundige niet geluisterd? Wij kunnen dit niet aan als ouders, zei ze.

De baby moest medisch worden onderzocht op de kinderafdeling, een paar etages lager. Prima, zei de moeder, hoe verder weg, hoe beter. Haar houding riep in het ziekenhuis veel emoties op. Artsen en verpleegkundigen waren boos en verontwaardigd. Hoe kún je zo zijn als moeder, vroegen ze zich af, hoe kun je nou je eigen kind afwijzen? Ze vonden dat we het meldpunt kindermishandeling moesten bellen en dat het kindje bij hen moest worden weggehaald. Ik liet me aanvankelijk meevoeren door die emoties, maar al snel begon ik te twijfelen. Als we de ouders tijd zouden geven en niet onder druk zouden zetten, was er misschien een oplossing mogelijk.

Een dag later ben ik met ze naar de kinderafdeling gegaan. Daar zag de moeder haar dochter voor het eerst. Drie minuten, toen wilden ze weer weg. Stap voor stap heb ik geprobeerd om de band met hun kind sterker te maken. Ik wees op details, vroeg op wie het meisje leek. De vader liet zich aanvankelijk leiden door de afweer van zijn vrouw, maar begon gaandeweg toch contact met zijn dochter te zoeken. Na een paar dagen maakte hij een foto. Het bleek een mijlpaal, daarna ging het voorzichtig beter.

Niet te snel oordelen, dat is wat ik in die periode heb geleerd. Geleidelijk aan kreeg ik door wat er aan de hand was. Hun afwijzing kwam voort uit boosheid maar ook uit angst. De ouders hadden een verkeerd beeld van het downsyndroom. Ze waren bang voor wat hun kind te wachten stond, bang dat ze niet voor haar konden zorgen. Ze hebben naar video's gekeken van oudere kinderen met Down en zo is dat schrikbeeld langzaam verdwenen.

Sindsdien durf ik in mijn werk te vertrouwen op mijn gevoel. Want wat ik hoopte is uiteindelijk ook gebeurd. Het heeft twee maanden geduurd, toen hebben ze hun dochter uit het ziekenhuis opgehaald en mee naar huis genomen. Na een jaar was alles in orde. Het meisje begon te lachen en te brabbelen, ze kregen contact met haar. Je gunt een kind liefdevolle ouders, maar dat kun je niet afdwingen. De liefde had tijd nodig. En de tijd heeft zijn werk gedaan.'

Zelf ziek

Interventieradioloog Warner Prevoo (54)

'Ik zou even snel een scan laten maken. Al een maand of drie had ik last van een raar kuchje, maar ik had er geen acht op geslagen. Ik dacht dat het door de stress kwam, er was gedoe op mijn werk. De huisarts vermoedde een longontsteking, maar de antibioticakuur bracht geen verlichting. Toen ik me echt beroerd begon te voelen, besloot ik om naar mijn eigen ziekenhuis te fietsen. Om daar, ter geruststelling, een CT-scan te laten maken.

In de verslagkamer keek ik met mijn collega's naar de beelden van mijn longen die in fragmenten op het scherm tevoorschijn kwamen. Beelden die ik als arts zo vaak had beoordeeld. Ik zag meteen wat er aan de hand was. Bovenin een longontsteking die aan het genezen was. Daaronder links een flinke vlek, rechts wat zwarte stipjes. Diagnose: longkanker in een vergevorderd stadium.

De longarts met wie ik zo vaak had overlegd over patiënten was opeens niet meer mijn collega maar mijn dokter. Ik had meteen de statistieken voor ogen: mijn kansen waren minimaal, na vijf jaar leeft nog maar een paar procent. Totdat onderzoek uitwees dat de tumor te behandelen was, de kanker reageerde geweldig op een nieuw medicijn. Ik kreeg er tijd bij. Twee keer is de ziekte nu teruggekomen. Vorige zomer is een deel van mijn long weggehaald. De afgelopen maand ben ik bestraald.

Zestien jaar lang heb ik dagelijks kankerpatiënten behandeld, nu ben ik er zelf een. Sinds ik heb ervaren wat patiënten allemaal moeten doorstaan ben ik veranderd. Nu pas besef ik dat artsen helemaal niet weten hoe patiënten zich voelen. We richten ons op de medische aspecten van kanker, alles draait om het bestrijden van de ziekte. Voor ons is het bijvoorbeeld heel normaal om regelmatig met een holle naald een stukje weefsel weg te halen uit de lever of uit de longen van een patiënt, om te checken hoe de kankercellen op de behandeling reageren. Bij mij is laatst zo'n biopt uit mijn long afgenomen, door een collega die een van mijn beste vrienden is. Ik vond het verschrikkelijk: daar liggen en je dan helemaal overgeven.

Alles wat wij doen en zeggen heeft een niet te onderschatten impact op patiënten, maar daar staan we niet genoeg bij stil. Omdat we de tijd er niet voor hebben, denk ik, en omdat we niet van al die patiënten de emoties kunnen toelaten. Dat groene doek dat we voor een ingreep over patiënten heen leggen is er niet alleen om het operatiegebied af te grenzen. Het effect is ook dat we de mens op tafel niet meer zien. De mens duwen we weg, onbewust, terwijl de ziekte enorme psychische gevolgen heeft. Kanker is een emotionele uitputtingsslag, weet ik nu. Je bent nooit meer gerust.

Ik was altijd al een dokter die kon huilen, en die in gedachten soms een patiënt mee naar huis nam. Maar toch maakte ik me er vroeger soms ook makkelijk van af. Dan zei ik tegen patiënten dat ik ze begreep en wenste ik ze sterkte. Het zijn holle woorden, weet ik nu, je moet ermee oppassen. Een buitenstaander weet helemaal niet hoe een patiënt zich voelt. Misschien moeten we dat gewoon benoemen. Dokters mogen best hun eigen onzekerheid laten zien. Zeg dat je niet weet hoe de ander eraan toe is, dat je het verschrikkelijk vindt en dat je je uiterste best zult doen.

Sinds de diagnose heb ik zo veel mogelijk doorgewerkt. Ik hou van mijn werk, ik word er oprecht gelukkig van en misschien is het ook een beetje calvinisme: als je kunt werken, dan ga je. Ik ben nu bijna drie jaar verder. Stiekem speel ik met mijn eigen prognose. Dat de kanker is teruggekomen voelt als een grote teleurstelling. Ik had mezelf rijker gerekend.

We gaan je nog wel even hier houden, zei de longarts. Het zou mooi zijn als ik er over tien jaar nog ben. Maar toch: als ik dat zeg, maakt dat me ook ontzettend verdrietig.'

Weggestopt

Huisarts Hans van Santen (58)

'Hij kwam nooit op mijn spreekuur en toen opeens in korte tijd drie keer, met klachten die ik niet kon plaatsen: hoofdpijn, last van zijn maag, vermoeidheid. Als een patiënt zich jaren niet vertoont en dan plotseling een paar keer langskomt, ben ik op mijn hoede. Ik keek hem steeds goed na, liet zijn bloed onderzoeken en een echo van zijn bovenbuik maken. Het leverde allemaal niets op. Ik had het gevoel dat er iets anders aan de hand moest zijn.

Ik nodigde hem een keer uit aan het einde van het middagspreekuur, zodat we de tijd hadden om rustig te praten. Was er misschien iets aan de hand, vroeg ik hem, iets waar hij over piekerde of verdriet van had. Aanvankelijk ontkende hij dat, maar toen vertelde hij opeens dat een kind in zijn omgeving seksueel was misbruikt. En dat hij door die ontdekking inderdaad behoorlijk van slag was. Ik vroeg hem waarom dat hem zo diep raakte. Bracht het herinneringen naar boven? Was hem zoiets misschien zelf ooit overkomen?

Toen kwam hij, aarzelend, met zijn eigen verhaal: als kind was hij jarenlang misbruikt door een familielid. Maar dat was allemaal lang geleden, zei hij vastberaden, hij had nu een gezin en eigenlijk had hij er nooit meer aan gedacht. Maar was dat wel zo? Tegenover mij leek een man te zitten die de verschrikkingen uit zijn jeugd zo diep had weggestopt dat hij zich helemaal niet realiseerde dat hij ze ooit had meegemaakt. Opgeborgen in een hokje met de deur potdicht. Kun je je voorstellen, vroeg ik hem, dat er een verband bestaat tussen wat er toen is gebeurd en de klachten die je nu hebt?

Hij viel even stil, stomverbaasd over mijn suggestie. Kan dat echt? vroeg hij. Op mijn advies heeft hij hulp gezocht bij een psycholoog, met wie hij lange gesprekken heeft gevoerd. Geleidelijk aan verdwenen zijn klachten en begon hij de samenhang te zien tussen vroeger en nu. Ik heb me er altijd over verwonderd dat hij die heftige gebeurtenissen had weggestopt en niet kon geloven dat ze jaren later nog van invloed konden zijn. Na lange tijd was de deur opeens opengegaan.

Hij is me altijd bijgebleven. Natuurlijk weet je als arts dat er achter onduidelijke klachten vaak iets schuilgaat, een verhaal achter het verhaal. Door mijn ervaring met deze patiënt ben ik gaan inzien dat ik soms dieper moet graven om het verleden bloot te leggen. Maar ik realiseer me nu ook dat die verleden tijd zo sterk verdrongen kan zijn dat de zoektocht veel vraagt van arts en patiënt.

Er zijn zoveel mensen die in hun jeugd gehavend zijn. Bij velen van hen komen de gevolgen pas later in hun leven naar boven, als werk en gezin gaandeweg minder ruimte in beslag nemen. Wie een trauma diep heeft weggestopt kan dan opeens slecht gaan slapen, of nachtmerries krijgen. Soms voelt het voor patiënten als een opluchting om over oud zeer te praten, merk ik. Ze weten dat hun verhaal bij mij veilig is.

Toch komt het ook voor dat zo'n zoektocht niets oplevert, wroeten in het verleden kan ook bedreigend zijn. Er zijn patiënten die iets bij zich dragen maar daar beslist niet mee lastiggevallen willen worden, er niet over kunnen praten. Dokter, dat wil ik niet, zeggen ze dan, laat het daar maar lekker zitten.

Ik realiseer me heel goed waarom bij die ene patiënt van toen de deur naar de herinneringen potdicht zat. Die waren eigenlijk te pijnlijk om op te rakelen. Goed dat het zo is verlopen, zei hij me later toen ik vroeg hoe het met hem ging, maar wat is het zwaar geweest.'

Bang om te sterven

Psychiater Anne Speckens (53)

'Ik werd bij hem geroepen omdat hij angstig en onrustig was. Hij was nog jong, begin veertig, en opgenomen op de intensive care met ademhalingsproblemen, die het gevolg waren van ernstig hartfalen. De artsen wilden hem een kalmerend middel geven, maar dat mocht zijn ademhaling niet te veel belemmeren en daarom was mijn advies nodig. Ik had nog maar net mijn examen achter de rug en werkte als basisarts op de afdeling psychiatrie van het ziekenhuis.

Zijn dossier was centimeters dik en ik had maar kort de tijd om me een beeld te vormen. Ik vertelde hem waarom ik langskwam, dat ik hem wilde helpen om wat beter te slapen. Toen bekende hij, heel openhartig, waarom hij zo slecht sliep: hij was bang om dood te gaan. Als ik ga slapen, zei hij, word ik misschien niet meer wakker. Het idee dat hij zijn vrouw en kinderen nooit meer zou zien was zo beangstigend dat hij de nacht niet in durfde.

Ik was overdonderd, het team op de intensive care had op geen enkele manier laten doorschemeren dat hij misschien dood zou gaan. Ik wist niet goed hoe te reageren. Hij had nog zulke jonge kinderen, ik denk dat ik het te pijnlijk vond om het tot me te laten doordringen. Ik heb een medicijn geadviseerd en ben weggegaan.

De volgende ochtend ging ik terug naar de intensive care om te vragen hoe zijn nacht was verlopen. Ik zocht naar zijn dossier, maar dat lag niet op zijn plek. Ik vroeg een van de verpleegkundigen hoe het met hem ging. Ze had het druk, ze reageerde kortaf. O, zei ze, die is vannacht overleden. Ik was volkomen uit het veld geslagen. Ik stond daar maar, iedereen om mij heen was alweer bezig met de patiënt die zijn plek zou innemen. Logisch, ic-bedden zijn schaars, maar ik voelde me zo verloren. Met mijn supervisor heb ik het er nooit meer over gehad. Mijn advies over het medicijn was in orde, daar ging het om.

Mijn ervaringen van toen hebben mijn loopbaan als arts gevormd. Natuurlijk was het goed dat ik hem een kalmerend middel had voorgeschreven, maar ik was in iets wezenlijks tekortgeschoten: er had iemand naast zijn bed moeten zitten die met hem het besef had gedeeld dat hij dood kon gaan. Ik had geen idee wat ik voor hem kon betekenen. Het was onvermogen, en gebrek aan ervaring.

Als dokters leren we vooral hoe we patiënten beter maken, maar we leren nauwelijks hoe we ze kunnen begeleiden om te sterven. Daar hebben we het liever niet over, ook niet in de psychiatrie. Om het perspectief van de dood toe te laten moet je je open kunnen stellen voor het lijden van de ander, je moet bereid zijn om stil te staan bij het idee dat het leven eindig is. Er is sinds mijn opleidingstijd veel verbeterd, maar toch kan de begeleiding van jonge artsen nog een stuk beter. Zodat ze niet schrikken van een patiënt die gaat sterven, zoals mij toen overkwam.

Die ochtend, dertig jaar geleden, besefte ik: dit wil ik niet, zo verzeild raken in de instrumentele kant van de geneeskunde dat ik voorbijga aan echt contact. Ik heb van mindfulness mijn expertise gemaakt, en ik ben ervan overtuigd dat mijn ervaringen van toen daar een grote rol in hebben gespeeld.

Nu zie ik heel goed waarom die patiënt me toen zo raakte. Ik was nog maar net begonnen als arts en zo onzeker. Na zijn dood heb ik me erg alleen gevoeld. Daar moet meer oog voor zijn. De geneeskunde is een zwaar en emotioneel vak en er is nog altijd weinig steun voor jonge dokters. Laten we wat beter op elkaar letten. Ga even een kop koffie drinken met een collega. En heb de moed om je eigen angst en onzekerheid ter sprake te brengen.'

Aids

Internist Sven Danner (72)

'De verpleegkundige vroeg of ik nog even bij hem langs wilde gaan, dus ik stapte die middag nietsvermoedend zijn kamer binnen. Hij was alleen. Een paar jaar eerder was hij getroffen door een nieuwe, mysterieuze ziekte, die de naam aids had gekregen. Zijn afweersysteem was vernietigd, waardoor hij ernstige ontstekingen had aan zijn ogen en in de hersenen. Nu had hij weer een herpesinfectie van de huid en een darminfectie waartegen alleen een experimenteel geneesmiddel bestond. Met de fabrikant had ik geregeld dat hij daarmee behandeld kon worden. Daarvoor was hij opgenomen.

Toen ik naast zijn bed stond, kwam hij met een onverwacht verzoek. Hij had een groot vertrouwen in mij gekregen, zei hij, en daarom durfde hij te vragen of ik hem wilde helpen om te sterven. Ik wil niet meer, zei hij, ik ben doodziek van het ziek zijn. Ik was stomverbaasd. We zouden dat nieuwe middel toch proberen, begon ik, daarmee zou de darminfectie mogelijk verdwijnen. Hij vroeg me om eens goed naar hem te kijken. Ik zie bijna niets meer, zei hij, ik kom al maanden mijn bed niet meer uit, mijn huid is volkomen kapot, ik heb sterke pijnstillers nodig en nu heb ik weer zo'n diarree dat ik het niet binnen kan houden, het kamertje stinkt vreselijk, ik durf niemand op bezoek te vragen. En het ergste is: u heeft mij niets te bieden, de ziekte zal aanhouden, met steeds weer nieuwe infecties of kanker. Ik lever elke dag een stukje leven in.

Een zieke die zelf de regie over zijn leven en gezondheid wil houden, dat was in die tijd volkomen nieuw. Ons vak had sterk patriarchale trekken: de dokter wist wat het beste was voor de patiënt. We hadden weliswaar geen verweer tegen die nieuwe dodelijke ziekte, maar we probeerden uit alle macht om bij patiënten de gevolgen te bestrijden, probleem voor probleem. Maar hier was opeens een intelligente man, een journalist, die wat anders wilde dan ik. En hij had gelijk. Ik realiseerde me dat ik te veel naar elk probleem apart had gekeken, en onvoldoende had gezien hoe uitzichtloos zijn leven als geheel was geworden. Ik moest stoppen om voor hem te denken, ik kon helemaal niet invoelen wat patiënten als hij doormaakten.

Ik ben op zijn verzoek ingegaan, het was de allereerste keer dat ik euthanasie toepaste. Hij is in een ontspannen sfeer overleden. Het was nog voor de euthanasiewet, er moest veel worden geregeld, maar er waren al wel zorgvuldigheidseisen en daar heb ik me aan gehouden.

Vanaf dat moment heb ik geprobeerd om werkelijk met patiënten in gesprek te gaan, om niet alleen maar te doceren maar ook te vragen hoe zij hun situatie beoordeelden. Wanneer ik een nieuwe behandeling voorstelde bracht ik steeds de voor- en nadelen ter sprake. Dat was niet altijd eenvoudig, als arts word je geacht om neutrale, volledige informatie aan patiënten te geven en altijd hun belang voorop te stellen. Maar de dokter heeft ook belangen, zeker als behandeling en wetenschappelijk onderzoek samenvallen, zoals in de begintijd van aids het geval was. We waren voortdurend nieuwe dingen aan het uittesten, we probeerden zo veel mogelijk patiënten aan onderzoeken te laten meedoen en natuurlijk wilden we daarover publiceren, liefst in een topvakblad. Het hielp dat ik me daarvan bewust was.

We zijn nu dertig jaar verder, de ziekte is inmiddels te behandelen. Dankzij patiëntenverenigingen en het internet is de feitenkennis bij patiënten zo gegroeid dat de dokter in de spreekkamer soms op achterstand staat. Maar er is meer nodig dan feiten. Het gesprek van toen, met een van de eerste aidspatiënten die ik behandelde, zie ik als een kantelpunt. Hij heeft me doen inzien dat het erom gaat wat die feiten voor een patiënt betekenen. Dat besef is daarna nooit meer weggegaan.'

Zichtbaar

Chirurg Arnold van de Laar (49)

'Ze was mijn zevende patiënt. Dat weet ik nog zo zeker omdat ze me vlak voordat ze de operatiekamer inging vroeg: dokter, heeft u dit al eens eerder gedaan? Waarop ik antwoordde: ja, al zes keer. O, zei ze, dan is het goed. Ze was een jonge vrouw met ernstig overgewicht, die na jaren van vergeefse afvalpogingen naar ons ziekenhuis was gekomen voor een maagverkleining. Het was een operatie waar ik op verzoek van collega's een paar maanden eerder mee was begonnen.

Met flinke tegenzin, eerlijk gezegd. Ik opereerde ook patiënten met een liesbreuk bijvoorbeeld of met kanker en bij hen kon ik me altijd indenken dat zoiets ook mij zou kunnen overkomen. Bij obesitas had ik dat niet. Ik heb zelf een redelijk gezond gewicht, ik vond het lastig om me te verplaatsen in patiënten die zo zwaar zijn. Toen steeds duidelijker werd dat een maagverkleining patiënten veel gezonder maakt, dat ze van hun diabetes af kunnen komen en van hun hoge bloeddruk, wekte dat de interesse van de internisten in mijn ziekenhuis. Zij vroegen me of ik die operaties voortaan wilde gaan doen.

Ik stemde toe, maar bleef twijfelen. Wilde ik er wel mee verder? Moest ik patiënten gaan opereren van wie ik niet goed begreep hoe ze zo waren geworden? Rationeel gezien wist ik wel dat ik bijdroeg aan hun gezondheid, maar hun problematiek was voor mij moeilijk invoelbaar.

En toen, na anderhalf jaar, zag ik de vrouw terug die ik als zevende had geopereerd. Ze was zestig kilo afgevallen en ze had net meegedaan aan de Dam tot Damloop. Ik complimenteerde haar, vroeg hoe het ging en ze vertelde me dat mensen haar niet meer herkenden. Op haar werk kreeg ze regelmatig de vraag of ze nieuw was, en dan moest ze uitleggen dat ze er al jaren werkte.

Het was haar nooit eerder opgevallen, maar nu ze zoveel gewicht was kwijtgeraakt zag ze opeens het pijnlijke verschil: mensen hadden haar nooit opgemerkt toen ze nog zo dik was. Vroeger kwamen ze niet naar haar toe, nu wel. Op de lagere school was ze gepest en dat was niet leuk geweest, maar veel erger, realiseerde ze zich nu, waren de klasgenoten die haar hadden genegeerd, alsof ze niet bestond omdat ze zo dik was.

Ik dacht terug aan mijn eigen lagereschooltijd. In groep 6 hadden we een dik meisje in de klas dat heel erg werd gepest. Ik weet zeker dat ik daar nooit aan heb meegedaan, maar ik heb ook nooit met haar gepraat. Wat moet zij zich eenzaam hebben gevoeld. Pestprotocollen bestonden nog niet, de docenten deden niets. Het meisje is van school gegaan.

Ik kan me het gesprek met deze vrouw nog zo goed herinneren. Ze was in tranen, omdat ze zich opeens realiseerde wat ze al die jaren had gemist. En ik besefte, terwijl ik tegenover haar zat, dat wij allemaal vooroordelen hebben: wie er anders uitziet is kennelijk de aandacht niet waard. Nooit eerder had ik daarbij stilgestaan.

Vanaf dat gesprek ben ik er vol voor gegaan. Het is nu elf jaar later en inmiddels heb ik meer dan duizend maagverkleiningen gedaan. Door die ene patiënt ben ik gaan inzien wat voor stil lijden overgewicht met zich meebrengt. Wat zij mij vertelde heb ik later van zoveel andere patiënten gehoord. Mensen zien je niet staan als je dik bent, nou ja, alleen letterlijk dan.

Ik ga nu met plezier de operatiekamer in. Als arts doe je graag goed, maar de overtuiging wil ik niet uit de lesboeken halen, de bevestiging moet komen van de patiënten. Ik weet nu hoe groot de gevolgen van mijn werk kunnen zijn. Patiënten worden inderdaad gezonder, maar daar komt iets bij, iets wat misschien wel veel belangrijker is: de kans om gewoon gesprekken aan te knopen, om nieuwe vrienden te maken, om gezien te worden, de kans op een mooier leven.'

Vuurwerk

Oogarts Tjeerd de Faber (63)

'Hij kwam binnen op de arm van zijn vader, het was nieuwjaarsdag vroeg in de ochtend. Zijn rechteroog had een voltreffer gehad. Zijn ouders hadden samen met de buren rond een vuurkorf in de tuin het oude jaar uitgeluid en daarbij waren babyvuurpijlen afgestoken. Eén daarvan had zijn gezicht geraakt. Zijn oog zat dicht, hij huilde hartverscheurend. Een jongetje van drie jaar dat geen idee had wat hem was overkomen.

Ik heb hem drie keer moeten opereren. Zijn lens was troebel, het netvlies was beschadigd en zijn pupil was deels weg. Hij had een kunstlens nodig, de jaren erna moest zijn goede oog worden afgeplakt om te voorkomen dat het getroffen oog lui zou worden. Jarenlang heeft hij rondgelopen met pleisters en ooglapjes en moest hij proberen te kijken met een oog dat almaar achteruitging. Na een paar jaar zag hij alleen nog licht en donker. Ondanks al onze inspanningen is hij uiteindelijk blind geworden.

Leroy is het jongste vuurwerkslachtoffer dat ik ooit heb behandeld. Mijn boosheid over het lot van zo'n weerloos kind heeft ertoe geleid dat ik op de barricades ben gegaan. Vuurwerk is prachtig, het hoort bij het nieuwe jaar, maar niet in handen van mensen die er niet goed mee kunnen omgaan. Elk jaar hoorde ik op het nieuws dat het weer een rustige jaarwisseling was geweest en elke keer dacht ik: mijn hemel, kom eens hier kijken. In het oogziekenhuis waar ik werk hadden we dan steevast onze handen vol gehad aan ernstig gewonden. Het werd me duidelijk dat we landelijke cijfers nodig hadden om de dramatische gevolgen van die ene nacht in beeld te krijgen. Daar ben ik me voor gaan inzetten en ik kreeg na verloop van tijd mijn collega's mee.

Oogartsen laten mij nu op de eerste dag van het nieuwe jaar weten hoeveel slachtoffers ze hebben behandeld, zodat we een overzicht kunnen maken. We hebben nu tien jaar lang cijfers verzameld en de balans is treurig: iedere oud en nieuw enkele honderden kapotte ogen en gemiddeld achttien blinde ogen per jaar. De helft van alle ongelukken treft omstanders zoals Leroy.

Dat jongetje van toen is nu achttien jaar. Hij helpt mee in de glastuinbouw, in de kassen van zijn vader. Die ene vuurpijl heeft hem een levenslange handicap bezorgd. Jarenlang is hij doodsbang geweest voor ieder onverwacht geluid. Pas door therapie is hij van die angst af gekomen. Eens per jaar komt hij hier nog voor controle en steeds als ik hem zie besef ik waarvoor ik actie voer. Verbied vuurwerk voor consumenten, laat het over aan professionals: dat is onze boodschap en daar blijven we voor strijden.

De aankomende jaarwisseling heb ik voor de tweeëntwintigste keer dienst. De laatste decemberdag is mijn trouwdag, toen ik dit vak koos kon ik niet voorzien dat ik die avond altijd weg zou zijn. Ik kan uittekenen wat er gaat gebeuren. Ik hou, net als mijn collega's vermoedelijk, nauwlettend het weerbericht in de gaten. Regen is een zegen, harde wind een ramp vanwege de afzwaaiers. Eerst ga ik bij vrienden kijken naar het vuurwerk dat hier boven de Erasmusbrug wordt afgestoken. Om halfeen rijd ik naar het ziekenhuis, waar dan de eerste ambulances al binnenkomen. Die nacht lijkt het hier op een veldhospitaal, tot een uur of vier zijn we bezig om te beoordelen welke slachtoffers meteen kunnen worden behandeld en wie de volgende ochtend een operatie nodig heeft. Om vier uur ga ik naar huis om een paar uur te slapen, om acht uur ben ik terug om te opereren.

Tegen die tijd komen op mijn telefoon alle meldingen binnen uit de andere ziekenhuizen en kan ik de optelsom maken. Ik weet nu al dat ik weer de twijfelachtige eer heb om straks voor de camera's van de journaals het eerste slechte nieuws van het nieuwe jaar te brengen.'

Innerlijke stem

Tropenarts Adriaan Groen (70)

‘Vanuit haar dorp was ze met een ossenkar naar het ziekenhuis gebracht. Ze had geprobeerd om thuis haar kind te baren, met hulp van de lokale vroedvrouw, maar de bevalling was vastgelopen. Tussen haar benen hing een bleek armpje en een lus van de navelstreng. Ze had ruim tien uur over de reis gedaan.

Samen met mijn jonge Nederlandse collega-arts bevoelde ik de navelstreng, de slagader klopte niet. We luisterden met een houten toeter naar de harttonen, haalden de verpleegkundige van de verloskamer erbij, maar we hoorden alle drie niets. Van de doptone, een apparaat waarmee harttonen van een baby kunnen worden versterkt, ontbrak de batterij. Het echoapparaat was al maanden stuk, een nieuw exemplaar was onderweg.

Een keizersnede bracht een groot risico op een ernstige infectie met zich mee. Ik moest dan immers dat armpje, vol stof en andere viezigheid, via de geopende buik naar binnen halen. Een geïnfecteerde baarmoeder zou onvruchtbaarheid en zelfs de dood van de moeder tot gevolg kunnen hebben.

Ik besefte dat er maar één oplossing was, een ingreep die ik elke keer weer weerzinwekkend vond om te doen en waarvan de beschrijving te erg is voor woorden. Het kwam erop neer dat het ongeboren kind zo moest worden verminkt dat het alsnog naar buiten kon worden getrokken. Als arts in Tanzania deed ik het met enige regelmaat. Ik ging er altijd bij vloeken. Een enkele keer kwam een verpleegkundige achteraf vertellen dat het een jongen of een meisje was geweest.

Vlak voor de ingreep voelden we nog een laatste keer om te kijken of er voldoende ruimte was voor onze instrumenten. Ik weet niet waarom we toen aarzelden. We ontsmetten het armpje en de navelstreng zo goed mogelijk en besloten om toch een keizersnede te doen. Toen voltrok zich een scène die ik nooit meer zal vergeten. Het kind dat we tevoorschijn haalden liet een korte snik horen en begon daarna uit alle macht te krijsen. In de operatiekamer vermengde het kindergehuil zich met kreten van verbazing, vrolijk gelach en uitbundige lofzangen op de almachtige God. Wij, de twee artsen, waren verstijfd van afschuw, in het volle besef van de gruwelijke dood waaraan dit kind ternauwernood was ontkomen. Pas na de laatste hechting stopten onze handen met trillen.

Altijd blijven luisteren naar je innerlijke stem, dat is wat ik toen heb geleerd. De geneeskunde kent steeds meer protocollen, en die hebben hun nut bewezen, maar vlak daarbij je gevoel niet uit. Sinds die januaridag in 2003 heb ik die vreselijke ingreep nooit meer gedaan, en dat komt door deze ene moeder en haar baby.

Een kind verminken zodat het geboren kan worden, dat doen wij in de westerse wereld al tijden niet meer. Door wat ik heb meegemaakt ben ik ervan overtuigd geraakt dat we met onze geneeskunde in lage-inkomenslanden geen dingen moeten doen die hier in onbruik zijn geraakt. Armoede is geen argument om een andere standaard van medisch handelen te hanteren. Medisch personeel in die landen denkt er inmiddels precies zo over. Sinds Afrikaanse artsen en verpleegkundigen weten dat de ingreep hier al lang niet meer gangbaar is, stuit die op forse tegenstand.

Veel ziekenhuizen in Afrika hebben inmiddels de beschikking over betere antibiotica, het risico op infecties is verminderd, vrijwel iedereen geeft nu de voorkeur aan een keizersnede. Verminking van een ongeboren kind zou alleen nog mogen als artsen werkelijk met de rug tegen de muur staan en het leven van de moeder in gevaar is. En dan pas als een echo echt de volledige zekerheid biedt dat het kind niet meer leeft.

De moeder is nog een week in ons ziekenhuis gebleven om te herstellen. Daarna is ze weer naar haar dorp gegaan, achter op de fiets met de baby in haar armen. We hebben haar nooit verteld aan welk lot haar kind is ontsnapt.'

Bang

Tandarts Sylvia Huizinga (40)

'Hij oogde gespannen toen ik hem in de wachtkamer ophaalde. Ik vond het moedig dat hij was gekomen en dat zei ik hem ook. Als je zo bang bent, is het een hele stap om een afspraak te maken en al helemaal om dan ook nog te komen opdagen. In ons vak zijn we gewend aan angstige patiënten, ik probeerde hem wat gerust te stellen.

Ik was net afgestudeerd en werkte een paar jaar in het buitenland. Ik deed wat ik had geleerd: eerst vertellen wat ik zou gaan doen, dan de apparatuur laten zien die ik ging gebruiken en daarna voorzichtig aan de slag. Hij kwam niet voor een ingewikkelde behandeling, maar gewoon voor een controle van zijn gebit, en toch verliep alles moeizaam. Wat ik ook in zijn mond deed, hij verzette zich, vooral als ik in zijn onderkaak bezig was en zijn tong beroerde. Ik wilde niets forceren, dus ik stopte tijdig en vroeg hem een andere keer terug te komen, steeds opnieuw. Maar zijn weerstand bleef zo groot dat ik hem niet optimaal kon behandelen. Hij kreeg een gaatje en er brak een stuk van zijn kies af. Zonder de juiste behandeling zou hij mogelijk kiezen gaan verliezen.

Hij was niet bang voor pijn, merkte ik, er was iets anders aan de hand.

De keer daarop kwam hij samen met een vriendin. Hij was nerveus. Ik vroeg hem of hij me iets wilde vertellen. Hij begon aan een verhaal, maar raakte al snel zo geëmotioneerd dat hij niet meer uit zijn woorden kwam en de vriendin het moest overnemen. Hij bleek in het verleden ernstig en langdurig seksueel te zijn misbruikt. Dat verklaarde waarom alles bij hem, achterover in de tandartsstoel, zo'n sterke fysieke reactie teweegbracht. Zodra ik met het spiegeltje zijn tong raakte, of wattenrollen in zijn mond deed, ging het mis en moest ik de behandeling stopzetten. En toch wilde hij doorzetten, hij weigerde zich erbij neer te leggen dat zijn verleden zoveel invloed bleef houden.

Ik was zo met hem begaan, ik zag zoveel verdriet dat ik er alles aan wilde doen om hem te helpen. Stap voor stap zijn we verdergegaan. Ik gaf hem volledige controle, als het niet ging stak hij zijn hand op en stopte ik. Het kan ook best intimiderend zijn om in zo'n stoel te liggen met je mond open en de tandarts naast je hoofd. Toen hij merkte dat hij werd begrepen, kwam er rust en kon hij zich overgeven. Zijn kiezen heeft hij behouden.

Inmiddels ben ik vijftien jaar verder. Als ik nu een angstige patiënt behandel denk ik nog weleens terug aan toen. Ik was nog maar net begonnen als tandarts en vooral bezig om mijn werk zo goed mogelijk te doen, om problemen in monden op te lossen. Deze patiënt heeft me ervan bewust gemaakt dat tijd, aandacht en begrip net zo belangrijk zijn voor de kwaliteit van een behandeling als alleen het verhelpen van de klachten. Als je zegt wat je doet en doet wat je zegt, win je het vertrouwen. Dat had ik wel geleerd tijdens mijn opleiding, maar het besef kwam pas in de praktijk, toen het me lukte om deze ene patiënt een groot gevoel van veiligheid te geven.

Ik herinner me nog goed zijn reactie toen de behandeling achter de rug was: hij omhelsde me, zo blij was hij dat het goed was gekomen. Nog een paar keer heb ik hem gezien voor controle, daarna ben ik teruggekeerd naar Nederland. De pijn van zijn herinneringen heb ik niet kunnen wegnemen, maar het is een troostrijk idee dat het ons samen is gelukt om de greep van zijn verleden te verzachten.'

Te vroeg

Ambulanceverpleegkundige Jan van den Berg (47)

'Het was midden in de nacht, er kwam een melding binnen over een zwangere vrouw met een uitgezakte navelstreng. Ik ging ervan uit dat we alleen het vervoer hoefden te regelen en haar zo snel mogelijk naar het ziekenhuis moesten brengen. Een navelstreng die uitzakt kan levensgevaarlijk zijn voor de baby omdat de aanvoer van bloed wordt belemmerd. De vrouw had weeën, ze lag op bed. Ik keek om me heen, nergens een verloskundige. De aanstaande vader vertelde dat hij het ziekenhuis had gebeld en dat ze daar meteen een ambulance hadden geregeld. Ik vroeg zijn vrouw hoelang ze zwanger was. Negenentwintig weken, zei ze. Dat veranderde alles, ik moest razendsnel omschakelen. Ze was maanden te vroeg.

Het hoofdje was gelukkig nog niet zichtbaar. Als dat zou gebeuren moest ik het opduwen, had ik geleerd, om de navelstreng ruimte te geven. We moesten de vrouw zo snel mogelijk op de brancard zien te krijgen, maar er was een probleem: ze woonde driehoog in een portiekflat en de brancard stond beneden in de hal. Stap voor stap gingen we samen de trap af, terwijl ze onderweg steeds stopte om de weeën op te vangen. Op de laatste trede zei ze opeens: ik voel wat komen. Ik spoorde haar aan om door te lopen, anders zou de baby in het koude trapportaal ter wereld komen.

Mijn collega had intussen de kachel in de ambulance flink opgestookt. Als het kind onderweg geboren zou worden moest het warm blijven. Te vroeg geboren baby's hebben zo'n dunne huid dat ze heel snel afkoelen. Zo reden we met zwaailicht en sirene richting het ziekenhuis. Ik besloot te controleren of het hoofdje al in zicht was. Tot mijn ontzetting zag ik geen hoofdje maar een voetje naar buiten komen. Het was een stuitbevalling. Achter in die snikhete ambulance liep het zweet me over de rug. Al snel kwam het tweede voetje. Ik hoopte dat de baby niet klem zou komen te zitten, maar het kindje was zo klein dat het binnen een minuut werd geboren.

Het huilde niet, volkomen slap lag het op de buik van de moeder, die zich bezorgd afvroeg wat er aan de hand was. Ze kwam omhoog en keek mij aan. Leefde het wel? We waren twee minuten van het ziekenhuis vandaan. Ik besloot om te gaan beademen, heel voorzichtig, vanwege de longetjes die nog niet rijp waren. Bij het ziekenhuis stond een medisch team klaar, ik liep mee naar de verloskamers. En toen opeens, in de lift, zag ik het kindje bewegen en kort daarop klonk gehuil. Ik was zo opgelucht.

Ruim vierentwintig jaar werk ik nu op de ambulance en nog nooit heb ik een bevalling in mijn eentje gedaan, laat staan in de ambulance, en dan ook nog eens een stuitligging. Kwestie van geluk dat het zo goed was afgelopen, dacht ik zelf. Totdat de kinderarts me complimenteerde en zei dat ik gewoon heel goed had opgetreden. Toen realiseerde ik me hoe groot de waarde is van al onze trainingen en onze ervaring. Wie dit werk doet moet onder hoogspanning goed presteren, scherp zijn, en ook creatief. Situaties verlopen immers heel vaak niet volgens het boekje. Door deze uitzonderlijke bevalling ontdekte ik de kracht van ons vak: je komt ergens voor te staan en je handelt.

In de vroege ochtend heb ik de jonge moeder het allerbeste gewenst. De vader heb ik niet meer gezien. Hij was achter ons aan gereden en kwam pas veel later in het ziekenhuis aan. We zijn teruggegaan naar onze post, vol van wat er was gebeurd. Meestal weten we niet wat onze rol is geweest, of we mensen hebben gered, hoe het met ze afloopt. Maar een week later bracht de post een geboortekaartje, en een brief. De ouders bedankten ons. Het was een meisje, ze was gezond.'

Protocollen

Sportarts Edwin Goedhart (55)

'Tijdens een trainingskamp in de winterstop was hij geblesseerd geraakt, opnieuw was zijn schouder uit de kom geschoten en omdat hij daar vaker last van had moest hij eraan worden geopereerd. De operatie verliep goed maar hij hield pijn, zo erg dat ik na een paar dagen, op een zaterdagmiddag, met hem terugging naar het ziekenhuis. Ik had het gevoel dat er iets niet klopte. Op de spoedeisende hulp werd met een oorthermometer zijn temperatuur opgenomen. Hij had geen koorts, dus er hoefde geen bloedonderzoek te worden gedaan. We werden weer naar huis gestuurd.

Drie dagen later was zijn situatie zo verslechterd dat hij in het ziekenhuis moest worden opgenomen. De schouder was geïnfecteerd geraakt en moest worden gespoeld. De dag erop zag hij er niet goed uit. Ik belde de dienstdoende arts, sprak opnieuw mijn bezorgdheid uit, maar vond geen gehoor. Alles was nagelopen, er waren geen verschijnselen die op problemen wezen. De volgende ochtend werd hij met spoed overgeplaatst naar de intensive care. Hij kreeg een septische shock, zijn nieren vielen uit. Toen zijn ploeggenoten bij hem langsgingen schrokken ze zich rot, de infectie had hem tot onherkenbare proporties opgeblazen.

Een maand lang heeft hij in het ziekenhuis gelegen. De infectie kon worden bestreden maar had het kraakbeen in zijn schouder ernstig aangetast. Alle bewegingen bleven extreem pijnlijk. Hij heeft langdurig gerevalideerd maar is hier nooit meer aan voetballen toegekomen. We hebben in de hele wereld gezocht naar een oplossing, uiteindelijk durfden artsen in Italië het aan om hem nogmaals te opereren. Met succes, daarna is hij goed hersteld.

Niemand valt iets te verwijten, de artsen hebben juist gehandeld. Het gaat mij er ook niet om of er fouten zijn gemaakt. Maar ik denk nog altijd dat we deze jonge voetballer veel ellende hadden kunnen besparen als we als artsen verder hadden durven kijken. Alle protocollen waren keurig gevolgd, de lijstjes waren netjes afgevinkt, maar de patiënt was uit beeld verdwenen.

Richtlijnen en protocollen zijn onmisbaar, ze geven artsen houvast en richting bij hun werk, maken helder hoe we moeten handelen. Maar we moeten er wel op blijven letten dat die regels ons niet zo gaan beperken dat ze goede zorg in de weg staan. Het ziekteverloop van deze sporter was dramatisch, maar soms is een extreem voorbeeld nodig om iets duidelijk te maken: dat we altijd de patiënt in het oog moeten houden, ook als dat betekent dat we ons als arts soms buiten de gebaande paden moeten begeven. Protocollen zijn gebaseerd op gemiddelden, ze zijn gemaakt om geen onvoldoende te scoren, niet om de perfectie te bereiken. Je geeft er gemiddelde zorg mee, geen uitmuntende zorg. Dat kan alleen met oprechte aandacht voor de patiënt.

Afwijken van de richtlijn, daar is tijd voor nodig, maar vooral durf. Het maakt je kwetsbaar als arts en als er iets misgaat kan dat ook nog juridische problemen geven. Zo zijn protocollen verworden van hulpmiddelen om zorg te bieden tot regels waarvan bijna niemand meer durft af te wijken. Soms moet je als arts de moed hebben om het anders te doen.

Achteraf heb ik mezelf verweten dat ik me dat weekend op de spoedeisende hulp heb laten afschepen. Ik had moeten aandringen op bloedonderzoek. Volgens de richtlijnen was dat niet nodig. Maar ik kende mijn speler en zag dat het niet goed met hem ging.

Nog steeds heb ik af en toe contact met die voetballer van toen. Na een langdurige revalidatie is hij naar zijn thuisland teruggegaan. Daar heeft hij zijn carrière bij een plaatselijke club beëindigd. Dat deed hij voor zijn kinderen, vertelde hij me: die hadden hem door zijn blessure nooit op het veld zien staan. Ooit heb ik hem gezegd dat ik het hem gunde om trainer te worden. Laatst stuurde hij me een bericht om te laten weten dat hem dat was gelukt.'

Hormonen

Internist-endocrinoloog
Liesbeth van Rossum (43)

'Ze liep al zes jaar rond met ziekteverschijnselen waar geen internist, geen neuroloog en geen psychiater raad mee wist. Lichamelijk gezien mankeerde ze weinig, alleen haar gedrag was compleet veranderd. Ze was geagiteerd en heel erg prikkelbaar, ze had ook een vreemde spraak gekregen met een soort stotter erin. Voordat ze naar ons ziekenhuis werd doorverwezen had ze negenentwintig elektroshocks gehad, maar ook die hadden niets uitgehaald. Haar vreemde gedrag veroorzaakte irritatie bij de artsen en de verpleegkundigen, die soms het idee hadden dat ze simuleerde. Een ervaren verpleegkundige beet haar een keer toe: als je mijn kind was, had ik een glas water in je gezicht gegooid.

Na een zoektocht op internet had ze zelf de diagnose gesteld: ze moest de ziekte van Cushing hebben, een zeldzame aandoening waarbij de bijnier te veel van het stresshormoon cortisol aanmaakt. Dat klonk onwaarschijnlijk, want patiënten met die ziekte hebben veel specifieke lichamelijke klachten en die had zij allemaal niet. Toch zijn we doorgegaan met zoeken en uiteindelijk bleek ze gelijk te hebben. Op de scan zagen we een goedaardige tumor op de hypofyse, een klier in de hersenen, en die bleek verantwoordelijk voor de overproductie van cortisol. Al bleef het vreemd dat alleen haar hoofd daarvan in de war was geraakt.

We hebben de tumor verwijderd en langzaam ging het beter met haar. En toen opeens kwamen haar oude klachten terug. Ze was een paar jaar verder, terug bij af, en radeloos. Want anders dan daarvoor, konden we nu, zelfs na eindeloos veel onderzoek, geen oorzaak vinden. De hoeveelheid cortisol in haar lichaam was normaal, waar kwam dat aparte gedrag dan vandaan? We hebben alles op alles gezet om erachter te komen wat er aan de hand was. Ik heb overlegd met collega's uit de hele wereld. Maar wat zij had, kende niemand. Ze was anders dan wij allemaal ooit hadden gezien.

We hadden nog nieuwe testen kunnen doen of experimentele medicijnen kunnen proberen, maar we hadden geen duidelijk aangrijpingspunt, de situatie was uitzichtloos. En zij begreep dat. Ze was een intelligente vrouw die goed besefte wat er in haar hoofd gebeurde, en scherp in de gaten had hoe er op haar werd gereageerd. En dat verdroeg ze niet meer, niet nóg een keer, ze wilde niet verder. Het euthanasieverzoek dat ze deed werd ingewilligd.

Ik weet nog dat haar moeder me belde, op een maandagmorgen na de weekendoverdracht, om me te vertellen dat het de volgende dag zou gaan gebeuren, en hoezeer ik daarvan onder de indruk was. Later hoorde ik dat het hele gezin op de ochtend van haar dood om de keukentafel had gezeten, en dat ze toen vrolijk was geweest en scherp, in de bizarre wetenschap dat ze er die middag niet meer zou zijn.

Nog altijd weet ik niet wat er met haar aan de hand was.

Ik vermoed dat de cellen in haar lichaam ongevoelig waren voor cortisol, waardoor ze geen typische fysieke verschijnselen had, maar dat haar hersencellen er wél gevoelig voor waren, misschien zelfs overgevoelig. Haar verhaal heeft me weer eens duidelijk gemaakt hoe hormonen het brein op hol kunnen brengen. Wij, de artsen die zich op het lichaam richten, moeten de hersenen veel meer ook als een orgaan zien, een orgaan dat ziek kan worden, net als een hart of een lever. Als je psychisch zo van het pad kunt raken door een ontregeling van hormonen, dan moeten we daar veel alerter op zijn.

Ik had graag geweten hoe ze vroeger was. Op de foto's die ze eens voor me meenam zag ik een stralende jonge vrouw. Ze had een leuke baan, vrienden, een relatie, maar ze raakte alles kwijt door een raadselachtige karakterverandering. Jaren later hoorde ik op een internationaal congres over een vergelijkbare patiënt, de tweede ter wereld. Na haar dood heb ik haar ouders nog een paar keer gesproken, altijd weer waren ze in tranen. Het is nu tien jaar geleden, maar ik loop nog steeds met haar in mijn hoofd rond.'

Een waardig leven

Neonatoloog Manon Benders (49)

'Ze was veel te vroeg geboren, een klein meisje van amper een kilo, en het ging al snel niet goed met haar. Ze lag op de intensive care en kreeg een klaplong, met als gevolg daarvan een ernstige hersenbloeding. De schade in dat kwetsbare brein was zo groot dat we ons afvroegen of we wel verder moesten gaan met de behandeling. We wisten dat ze meervoudig gehandicapt zou blijven, we voorzagen een lange lijdensweg, dit was wel een heel oneerlijke start van het leven.

We spraken er open over met de ouders, uitten onze zorgen en stelden voor om de behandeling op de intensive care niet voort te zetten. Daardoor zou hun dochter zeer waarschijnlijk komen te overlijden. Ze waren heel erg boos. Dit kind is welkom, zeiden ze, hoe ernstig gehandicapt het ook is. We vroegen artsen uit een ander ziekenhuis om mee te kijken en zij waren het met ons eens. Maar de ouders bleven bij hun standpunt. Ze namen het mij zeer kwalijk dat ik de behandeling wilde staken. Hun boosheid was zo groot dat ze niet wilden dat ik nog langer de verantwoordelijk arts was. Als u er zo over denkt, zeiden ze, dan kunt u niet meer goed voor ons kind zorgen. Ik kon me hun bezwaren voorstellen.

Het meisje heeft het overleefd, maar kreeg ernstige complicaties. Ze moest vaak worden geopereerd en lag veel in het ziekenhuis. De ouders verloor ik uit het oog. En toen, jaren later, kwam ik ze toevallig tegen, ik botste bijna tegen ze op. Ik herkende ze onmiddellijk, zij mij ook. Ik zag de moeder verstrakken. In de rolstoel voor haar zat een zwaar gehandicapt meisje. Haar handen, voeten en hoofd zaten vast, ze was blind en doof. Ik noemde haar naam, de ouders waren verbaasd dat ik die nog wist. Ik vroeg hoe het met ze ging.

Als ik u zie, zei de moeder, dan word ik weer boos. Ze vertelde dat ze zo van hun dochter genoten, dat ze reageerde op de mensen om haar heen en altijd vrolijk was. Als je haar nu zo blij ziet, vroeg de moeder, zou je ons dan hetzelfde advies hebben gegeven? Ik viel even stil. Ik zag een zeer ernstig gehandicapt kind, zoals wij hadden voorspeld, maar de ouders waren zo gelukkig met haar en namen haar beperkingen voor lief. Als jullie het fijn hebben samen, zei ik, dan hebben jullie de juiste beslissing genomen. Toen liepen ze door. Ik bleef verbijsterd achter. Ik weet nog dat ik ze een tijdlang heb nagekeken.

Nog altijd beschouw ik die ontmoeting, en het verhaal erachter, als de meest indrukwekkende ervaring uit mijn carrière. Wij beslissen als artsen soms over leven en dood, maar wanneer hebben we het nou bij het juiste eind? Als ouders ervan overtuigd zijn dat ze het goed hebben gedaan, wie zijn wij dan om daar anders over te denken?

Ik besef nu hoe voorzichtig ik met mijn oordeel moet zijn. Ik vond de handicaps waarmee we dit kind zouden belasten zo zwaar dat ik haar leven als een lijdensweg beschouwde, bijna als mensonwaardig. Maar wat een waardig leven is bepaalt iedereen zelf. Ik ben te veel voor deze ouders gaan invullen terwijl ik niet kon weten hoe zij in het leven staan.

De balans is ingewikkeld, wij zien vaak genoeg ook de verdrietige kant: dat ouders de zorg voor een ernstig gehandicapt kind toch niet aankunnen, dat het reden is voor een scheiding. We kunnen niet voor ouders overzien hoe zwaar hun leven zal worden, we kunnen ook niet inschatten of ze dat leven aankunnen. Toch hebben deze liefdevolle vader en moeder me een beetje op mijn plaats gezet. Ouders goed informeren over wat hun en hun kind te wachten staat en dan samen tot een weloverwogen beslissing komen, dat beschouw ik nu als het allerbelangrijkste. Bij iedere beslissing over de behandeling van een te vroeg geboren baby vraag ik hoe de ouders erover denken. Ik luister goed naar ze en respecteer hun ideeën. Ook als dat moeilijk is omdat ze tegen mijn eigen overtuiging ingaan.'

Twijfel

Maag-darm-leverarts
Ernst Kuipers (59)

‘Hij was een man van midden dertig, met jonge kinderen nog, die vanuit een ander ziekenhuis naar ons was doorverwezen. Diagnose: alvleesklierkanker, de vraag was of er nog een behandeling mogelijk was. We hadden slechts één optie, opereren, maar het gezwel was te groot, een operatie was uitgesloten. Toch twijfelden we, het verhaal klopte niet, de man was ook veel te jong voor dit type kanker.

We namen een stukje weefsel weg uit zijn alvleesklier, onderzochten dat en deden een opzienbarende ontdekking: hij had helemaal geen kanker, er was sprake van een bijzondere vorm van een ontsteking. De afweercellen hadden zich tegen zijn eigen lichaam gekeerd. De ziekte was zeldzaam, er was weinig over bekend, maar duidelijk was dat een sterke ontstekingsremmer kon helpen. De behandeling sloeg aan, de maanden erna namen de klachten af en zagen we het gezwel op de echo steeds kleiner worden.

Een jaar later bleef de man opeens weg van zijn controleafspraak op de polikliniek. We belden hem op en toen vertelde hij dat hij via zijn huisarts een second opinion had aangevraagd in het buitenland. Hij was ernstig gaan twijfelen of wij het wel bij het juiste eind hadden.

De buitenlandse arts had hem kort onderzocht en onmiddellijk vastgesteld dat hij toch alvleesklierkanker had. Er was een operatie nodig. Dat kon nu wel, want het gezwel was kleiner geworden. Ik heb de huisarts en mijn collega in het buitenland nog een brief gestuurd waarin ik uitlegde waarom wij een heel andere diagnose hadden gesteld, en dat de tijd ons gelijk leek te geven. Als het kanker was geweest, zou de patiënt waarschijnlijk al zijn overleden. Ik hoorde er lange tijd niets meer over. Totdat ik een afschrift ontving van de brief die de buitenlandse dokter aan de huisarts had geschreven. De patiënt was inderdaad geopereerd, maar daarbij waren ernstige complicaties opgetreden. De patholoog had het weggehaalde gezwel nagekeken. Er bleek geen sprake van kanker, het was een uitgebluste ontsteking.

Nee, ik zag dit niet als een domme fout van de patiënt, integendeel: ik beschouw dit nog altijd als falen van mezelf. Ik was kennelijk tekortgeschoten in mijn uitleg en daardoor is de patiënt door blijven zoeken. Terwijl ik dacht: we hebben deze man een fantastische boodschap gebracht, hij heeft geen kanker maar iets goedaardigs, dat we ook nog eens kunnen behandelen. Maar zijn diagnose was zo zeldzaam dat hij er vermoedelijk geen informatie over had kunnen vinden en dat alles had hem aan het twijfelen gebracht.

Patiënten worden mondiger, ze zoeken zelf dingen op, daar ben ik een groot voorstander van. Maar dat betekent wel dat de arts een andere rol krijgt. Je moet meedenken en vooruitkijken, controleren en informeren, om te voorkomen dat patiënten thuis de weg kwijtraken in alles wat ze hebben opgezocht. Zijn er dingen die u nog wilt weten? Zit u nog ergens mee? Belt u me wel als er iets onduidelijk is? Dat, en veel meer nog, moet je navragen. Ik dacht dat ik dat bij deze patiënt had gedaan, maar blijkbaar niet expliciet genoeg. We waren al een jaar verder, het ging goed met hem en toch was hij verdwaald en van het pad geraakt. Dat heeft grote indruk op me gemaakt.

Maar ik doe een hoop andere patiënten tekort als ik niet zou stilstaan bij de talloze lessen de ik de afgelopen jaren, iedere dag weer, in mijn werk heb geleerd. Ik merk dat ik van veel patiënten de meest onbenullige dingen heb onthouden: dat ene beeld, die ene uitspraak, die ene vraag, en soms weet ik zelfs nog waar ze op de afdeling precies lagen. Alleen maar omdat ze me hebben geraakt. Wij hebben zo'n intensief contact met mensen in een bijzondere, vaak emotionele periode van hun leven dat het niet anders kan of we raken betrokken en worden aan het denken gezet. Als arts word je gevormd door alles wat je van je patiënten leert.'

Een grote liefde

Intensivecare-arts Hans Wesenhagen (74)

'Mijke was met acuut en ernstig hartfalen opgenomen op de afdeling cardiologie, waar ze op de wachtlijst was gezet voor een harttransplantatie. Ze ging zo snel achteruit dat ze twee steunharten nodig had. Zo kwam ze bij mij op de intensive care terecht, een hoopje mens tussen allemaal machines. Er traden complicaties op, we moesten met spoed op zoek naar een donorhart.

Ik had dagelijks intensief contact met haar familie. De situatie was dramatisch, hun verdriet zo invoelbaar. Ik besprak eerlijk dat er ook een kans bestond dat ze het niet zou redden. Met Mijke had ik korte maar indringende gesprekken. Ze had soms het gevoel dat het allemaal geen zin meer had, dat het donorhart niet op tijd zou komen. Ik probeerde haar vertrouwen te geven. Daar waren niet veel woorden voor nodig, we leken elkaar moeiteloos te begrijpen.

Haar nieuwe hart kwam net op tijd. Ze ging revalideren in het ziekenhuis, daarna kwam ze regelmatig terug voor controles en steeds liep ze even langs onze afdeling om te laten zien hoe het ging. Ongebruikelijk was dat niet, er zijn meer patiënten die dat doen.

Een jaar na de transplantatie gaf ze een feest, ze vroeg of ik ook kwam. Ik twijfelde. Wat zat er achter haar uitnodiging? Wilde ze me gewoon bedanken of speelde er meer? Ik ben gegaan en ik was de laatste gast die het feest verliet. Die avond heb ik lang met haar gepraat. Daar is het echt begonnen, maar als ik eraan terugdenk moet mijn gevoel voor haar eerder zijn gegroeid. Niet toen ze nog mijn patiënt was, dat weet ik zeker, maar in de periode daarna. Ik heb dat weggeduwd. Ik was hoofd van de intensive care en verliefd worden op een ex-patiënt, dat kon echt niet, vond ik. We zijn na dat feest een paar keer samen weg geweest. Toen hebben we uitgesproken wat we voor elkaar voelden.

We hebben geprobeerd uit te zoeken of er bij onze liefde geen andere gevoelens meespeelden. Dankbaarheid bijvoorbeeld, of opluchting dat het goed was afgelopen. Daar zijn we niet helemaal uit gekomen. Maar we hebben uiteindelijk in volle overtuiging voor elkaar gekozen.

Al snel heb ik een paar bevriende collega's en verpleegkundigen over onze relatie verteld. Ze reageerden allemaal goed. Wat leuk, zeiden ze, dat heb je verdiend. Dat vond ik een geruststellend antwoord. Ik hield toch een zekere twijfel. Ik was weliswaar niet meer haar behandelend arts, maar Mijke was wel mijn patiënt geweest. Als je zo langs de grens manoeuvreert van wat ethisch toelaatbaar is, wil je van anderen de bevestiging hebben dat het niet verkeerd is wat je doet.

Mijn schoonfamilie had aanvankelijk wél grote moeite met onze relatie. Ik confronteerde ze met een vreselijke periode uit hun leven. Ik was altijd de man die het slechte nieuws kwam brengen en nu zat ik opeens als schoonzoon aan tafel. Maar het is goed gekomen tussen ons en ik heb bovendien een bijzondere les van ze geleerd. Zij vertelden me hoe zij de periode op de intensive care hadden beleefd en hoe moeilijk het was geweest om alle informatie te doorgronden. Door hen begreep ik dat ik nog aandachtiger moest luisteren, nog meer moest uitleggen en me nog beter moest inleven. Dankzij de liefde kreeg ik een uniek kijkje achter de coulissen, dat is weinig artsen gegund.

Toen we elkaar leerden kennen, was Mijke 31 en ik 59. Ik rekende haar voor dat onze levensverwachting niet ver uit elkaar zou liggen. Met een nieuw hart doe je gemiddeld twaalf jaar, dan zou ik 71 zijn en schoot het bij mij ook al aardig op. Het was een dom rekensommetje, maar het gaf een zekere troost, een antwoord op de vraag: hoelang zijn we nog samen?

We zitten nu ruim boven die rekensom. Onze liefde is zo groot en sterk dat de mensen om ons heen ervan onder de indruk zijn.'